Les Compagnons du Ve
de François Vignes
est le six cent dix-septième ouvrage
publié chez
VLB ÉDITEUR.

La collection «Roman»
est dirigée par Jean-Yves Soucy.

VLB éditeur bénéficie du soutien du ministère du Patrimoine du Canada et de la Société de développement des entreprises culturelles du Québec pour son programme d'édition.

Nous remercions le Conseil des Arts du Canada de l'aide accordée à notre programme de publication.

LES COMPAGNONS DU VERRE À SOIF

François Vignes

LES COMPAGNONS DU VERRE À SOIF

roman

vlb éditeur

VLB ÉDITEUR
Une division du groupe Ville-Marie Littérature
1010, rue de La Gauchetière Est
Montréal, Québec H2L 2N5
Tél.: (514) 523-1182
Téléc.: (514) 282-7530
Courrier électronique: vml@sogides.com

Maquette de la couverture: Nancy Desrosiers
Illustration de la couverture: Dominiq Cormier

Données de catalogage avant publication (Canada)
Vignes, François
Les Compagnons du Verre à Soif
(Roman)
ISBN 2-89005-697-X
I. Titre.
PQ2682.I36C65 1998 843'.914 C98-941401-9

DISTRIBUTEUR EXCLUSIF:

- Pour le Québec,
le Canada et les États-Unis:
LES MESSAGERIES ADP*
955, rue Amherst
Montréal, Québec
H2L 3K4
Tél.: (514) 523-1182
Téléc.: (514) 939-0406
* Filiale de Sogides ltée

Pour en savoir davantage sur nos publications,
visitez notre site: **www.edvlb.com**
Autres sites à visiter: www.edhomme.com • www.edtypo.com
www.edjour.com • www.edhexagone.com • www.edutilis.com

Dépôt légal: 4e trimestre 1998
Bibliothèque nationale du Québec
Bibliothèque nationale du Canada
ISBN 2-89005-697-X

Tant de passants m'ont piétinée sans me voir
que même mon ombre a mal aux reins.

INGRID NAOUR

Que nous reste-t-il en dehors de notre méchanceté?...
Moi, je vais vous le dire: notre solitude, Mary-Lee Steppleton,
notre solitude et notre obéissance.

ALAIN GERBER,
La petite ombre qui court dans l'herbe

Il allait au bistrot comme d'autres vont au travail: avec une ponctualité, une assiduité, propres à susciter les félicitations du plus vétilleux des chefs du personnel.

Tous les matins vers onze heures, on voyait sa silhouette hésitante se profiler dans la courte perspective de la rue Jean-Daniel-Fabre. Personne n'avait jamais véritablement su où il habitait, mais il apparaissait très exactement là, été comme hiver, dans un manteau aux épaules trop larges, aux poches gonflées comme des montgolfières, dont le contenu avait laissé plus d'une fois pantois les forces de l'ordre, lorsque son allure quasi clochardesque retenait leur attention.

Il avançait d'un pas contradictoire: quelques foulées courtes et rapides, suivies d'une longue coulée de jambes plus relâchée, puis d'une halte presque mystique où le ciel et les immeubles environnants faisaient bon ménage avec les planeurs de quelques amis disparus.

Il lui arrivait ainsi de croiser certains jours le fantôme d'André Breton et de Nadja, quand ce n'était pas l'ombre de Robert Desnos ou de quelque autre grand transparent. Il pouvait rester ainsi, debout, immobile sur ses jambes étiques, de longs moments à guetter d'invisibles et infatigables promeneurs célestes mais, dès qu'il approchait de la rue du Bourg-Tibourg, ses fantômes le quittaient et l'allure jusqu'ici hiératique tournait à la précipitation. Il arrivait en vue du si bien nommé Verre à Soif qui lui tenait, tout à la fois, lieu de boîte postale, de salle de bains, de reposoir et, bien entendu, d'estaminet.

Dès que la patronne l'apercevait sur le seuil de la porte, elle posait sur le vieux comptoir au zinc patiné un blanc Vichy.

Au deuxième verre il ouvrait la bouche pour demander le journal.

Il prenait alors les nouvelles d'un monde qui, depuis longtemps déjà, n'était plus du tout le sien.

Ainsi, à l'aube du troisième millénaire, dans le Paris des néfastes-food, commençaient les journées d'André Dhole, poète, pigiste et crève-la-plume.

Après avoir longtemps écumé les salles de rédaction de quelques grands journaux et magazines, revenu de tout sans avoir, quoi qu'il en dise, presque jamais été nulle part, il se contentait d'étancher une soif quasi métaphysique, dans l'un des derniers rades où l'on tolérait encore les survivants de cette espèce en voie de disparition que sont les grands fauves de comptoir.

«Au Verre à Soif, disait Dhole, on file du mauvais coton mais on boit du bon vin.»

Les méchantes langues prétendaient que la qualité lui importait moins que la quantité; Mme Vidal, l'incontournable patronne du Verre à Soif, assurait que chez lui, l'un et l'autre n'étaient pas du tout incompatibles.

– Où est encore passé Jaillard?

– Sa veste est là.

– Sa veste, je vois bien, mais lui? Le chef le cherche partout. Celui-là, il n'est jamais là quand on a besoin de lui.

La mère Boucher, que certains dans le service appellent aussi Langue de Vipère, dans ses œuvres. Tout au long de sa carrière, elle n'a jamais raté une occasion pour égratigner ses collègues, souligner leurs erreurs, signaler leurs manques, leurs retards, leurs absences; c'est inné chez elle, la délation est sa seconde nature.

De sa voix melliflue, elle répète:

– Alors personne ne sait où il est? C'est quand même quelque chose, je n'ai pas que ça à faire, moi!

Dans le bureau, il règne un silence de conspiration. On l'aime bien ici, Jaillard, avec sa bonne tête de vitelotte, son regard d'enfant battu, son air de gamin définitif. Ce n'est pas lui qui dirait du mal d'un collègue, au contraire, il lui arrive même de couvrir les erreurs des autres.

Comme si elle ne savait pas où il est, Jaillard, quand ça va mal pour lui, quand le chef le cherche partout, mais il faut qu'elle en rajoute, qu'elle se répande de bureau en bureau.

– Vous n'avez pas vu Jaillard?

Tout ce remue-ménage à cause d'une vague histoire de fiche signalétique pour l'avancement d'un agent. La secrétaire a tapé «boit un peu» au lieu de «boite un peu». Les syndicats se sont emparés de l'affaire. Le dossier est monté jusqu'au directeur qui a fait part de sa très grande contrariété au sous-directeur, lequel a immédiatement convoqué le chef des bureaux pour lui dire son irritation devant les manquements répétés de certains agents, le chef des bureaux s'est platement excusé, a invoqué le surcroît de charges, le manque de formation et, bien entendu, Jaillard, dont les insuffisances sont notoires.

– Alors, personne ne sait où il est, Jaillard? Eh bien, moi, je vais vous dire où il est. Il est dans ce bistrot infâme, plein de fainéants qui passent leurs journées à boire, ce bouge où il est toujours fourré dès que le chef a tourné le dos.

Eh oui, il est là, Jaillard, au bout du comptoir du Verre à Soif, tapi dans le renfoncement, là où personne ne peut le voir de la rue. Il l'aime bien, ce vieux bistrot à côté du ministère, c'est ici qu'il vient se réfugier chaque fois que ça va mal dans le service.

Là, au moins, il est sûr de ne rencontrer personne de la hiérarchie. Ils ne viennent jamais ici les chefs, pas assez chic pour eux.

Il est là, et tant qu'à faire, il a commandé un Pouilly-Fuissé.

Quoi de mieux, avant le Chemin des Dames.

Le Chemin des Dames?

C'est ainsi qu'il appelle, en souvenir d'un grand-père qu'il n'a pas connu, ces moments où il gravit les escaliers qui conduisent au bureau du chef.

– Vous n'êtes pas sérieux Jaillard, on ne peut pas vous faire confiance, votre laxisme altère l'image de marque du service. Je ne sais pas si vous mesurez les conséquences de votre erreur. Un tel comportement n'est pas qualifiable.

– Mais vous avez visé cette fameuse note, monsieur; le sous-directeur l'a signée, pourquoi suis-je le seul fautif?

À quoi elle sert la hiérarchie?

À quoi elle sert cette horde de zombies que tout le monde craint et qu'on ne voit jamais, qui vous adresse des signes laconiques au coin d'une lettre: m'en parler, me tenir informé du suivi, et qui ne vous salue même pas quand on la croise dans les couloirs du ministère?

C'est ce qu'il devrait lui dire au chef, mais, à moins de vider la bouteille de Pouilly-Fuissé, il n'en aura pas le courage.

Non, il ne discutera pas. À quoi bon se défendre? La hiérarchie, par définition, est infaillible.

Cette affaire ne restera pas sans suite, Jaillard, vous pouvez m'en croire, je vais devoir en tenir compte pour votre notation.

Il entend ça d'ici.

En attendant, il écoute Mme Vidal qui a des bouffées de nostalgie, elle parle de cette époque pas si lointaine où les habitués prenaient le temps de déguster ses dernières trouvailles.

Ça lui arrive parfois, l'après-midi, quand le Verre à Soif est presque désert et que Dhole somnole au fond de la salle.

– Même les fonctionnaires ne sont plus ce qu'ils étaient. Autrefois, dit Mme Vidal, quand on faisait encore café-charbon, il y avait ceux qui s'éclipsaient entre deux dossiers. Ils vous racontaient leurs petites histoires de bureau. Le plus assidu, c'était le petit père Pelletier, l'archiviste à la jambe de bois, il ne titubait jamais quand il avait pris un coup, il avançait en faisant tous les deux pas des demi-tours, «pour pas que ma jambe dévisse», disait-il. Maintenant les gens du ministère ne viennent plus l'après-midi, ne serait-ce que pour boire un café; ils vont directement à l'épicerie d'à côté acheter leur bouteille d'eau minérale; il y en a même, les jeunes cadres du ministère, qui font du jogging à l'heure du repas. En dehors des habitués, du menton elle désigna Bébert, l'éboueur sénégalais dans sa somptueuse tenue verte qui sirotait un petit blanc, il n'y a plus personne aux heures de bureau, les chauffeurs-livreurs ne s'arrêtent plus pour cause d'embouteillage, les représentants sont toujours pressés…

–Alors, mon frère toujours black! lança Bébert en apercevant Dhole.

–Plus que jamais, la négritude me ronge les os. Et toi, toujours au petit blanc?

–Le petit blanc, c'est ma façon de saluer mon arrière-grand-père.

–Il était alcoolo?

–Non, cannibale!

Selon ses interlocuteurs, André Dhole était de toutes les races, de tous les pays. Il épousait toutes les causes à condition qu'elles soient perdues. Il avait déjà été juif à Varsovie, noir à Soweto, chicano dans le Bronx, mohawk au Québec. Il n'y avait guère que Bébert qui restait perplexe quand Dhole essayait de le convaincre qu'il était congolais et… albinos.

– Tu vois bien que je ne suis pas blanc-blanc.

– T'es pas blanc-blanc, t'es gri-gri ou gris-jaune, mon vieux, t'es pas noir, t'es hépatique.

– En dedans je suis noir, j'ai blanchi, c'est tout.

Jaillard laissa le débat ouvert. Le palais rempli des arômes du Pouilly-Fuissé, il prit la direction des longs couloirs qui menaient au bureau de Maltais, le chef du personnel, que quelques initiés dans le service – dont Jaillard – appelaient le Faucon.

On n'a que ce qu'on mérite...

Quand il revint dans le service, sa moue en disait long sur le coup de semonce qu'il avait essuyé. Les collègues osaient à peine le regarder. La mère Boucher, elle, le scrutait d'en dessous ses lunettes avec ce visage gras, luisant, qui faisait dire à Jaillard: «Mme Boucher est une dame brillante, que dis-je, lustrée.»

Tout fiel dehors, elle en était rendue aux relations qu'ont parfois certains membres de la hiérarchie avec le personnel féminin, laissant carrément entendre à qui voulait bien l'écouter qu'une des secrétaires – Mlle Guyotte, pour ne pas la citer – avait eu une liaison avec un sous-directeur.

– Je trouve ça plutôt sympathique, madame Boucher, l'interrompit Jaillard.

– Qu'est-ce que vous trouvez sympathique, Jaillard?

– Que la hiérarchie ait des liaisons, comme vous dites, avec le petit personnel. J'y vois un signe de rationalité: les relations horizontales, c'est beaucoup plus efficace que les instructions qui tombent d'en haut, et puis c'est un signe de simplicité.

– Un signe de simplicité. Tiens donc, ajouta-t-elle avec une intonation de classe directement importée des étages supérieurs du ministère.

– Oui, madame Boucher, pour des gens qui appartiennent à de si grands corps, servir dans de si petits, c'est plus que de la simplicité, c'est de l'humilité.

Elle, dont la fidélité résultait davantage d'un défaut de demande que d'une réelle vocation, crispa de rage ses bajoues.

– Au fait, Jaillard, est-ce que vous avez vu le chef? Il vous cherchait partout.

– Oui, madame Boucher, je sors à l'instant de son bureau.

– Et alors, ça s'est bien passé?

– Merveilleusement, madame Boucher, il m'a proposé une cure de rajeunissement.

– Une cure de rajeunissement?

– Eh oui! madame Boucher, mais pas avec les crèmes à remonter le temps et le reste dont vous semblez vous enduire abondamment. Non, simplement à force de retarder mon avancement, il va me faire passer directement du retour d'âge à la puberté.

Autour, les collègues étaient hilares.

C'était ça, Jaillard, toujours un mot pour rire, une boutade pour détendre l'atmosphère.

Francis Vigier se trouvait être invité à une remise de décoration: un de ses anciens patrons que l'on remerciait avant son départ à la retraite.

Il n'y avait pas pour lui pire épreuve que ce type de manifestation où la flagornerie et l'hypocrisie rivalisent dans un concert de sourires et d'arrière-pensées. Mais il fallait bien, de temps à autre, sacrifier aux rites de ce milieu clos et parfaitement ordonné que tout le monde dans les services appelle la hiérarchie. Et puis, Duprat, le récipiendaire, ne l'avait-il pas personnellement invité?

–J'espère que vous serez disponible, Vigier, je compte vous saluer dans mon discours de remerciements. Parmi tous mes anciens stagiaires, et Dieu sait s'ils furent nombreux, vous êtes mon meilleur souvenir.

–Je garde aussi, monsieur, un excellent souvenir de notre collaboration, je ne pourrais pas en dire autant de tout le monde.

–Allons, allons, Vigier, toujours votre franc-parler, vous n'avez donc pas changé.

Comment aurait-il pu changer? Ce n'est pas parce qu'il avait passé – et réussi – des concours qu'il était devenu semblable à ceux qui, justement par leur suffisance hautaine, leur vacuité pontifiante, l'avaient bien malgré eux incité à, comme ils disaient, sortir du rang. En fait, son principal mérite était d'avoir compris très tôt que le meilleur moyen d'échapper aux pesanteurs venues d'en haut était de s'y hisser.

Une fois nommé, il n'avait pas eu grand mal à garder ses distances. En dehors des réunions de service, des rencontres fortuites d'ascenseurs et de couloirs, il évitait de côtoyer ses homologues. Et eux n'invitaient jamais ce cadre atypique – certains disaient cocââsse – cette espèce de franc-tireur de la hiérarchie qui portait des cravates en tire-bouchon, qui s'attardait à parler dans les couloirs, à la cantine, avec les garçons d'étage ou les secrétaires, qui avait horreur du golf, du bridge et des week-ends à Deauville… Car, à de rares exceptions près, et Vigier en était une, dans ce milieu-là on ne se fréquente que comme la paramécie se reproduit: par scissiparité.

C'était le directeur en personne qui remettait la décoration. Autant dire que des sous-directeurs aux chefs de bureau, des directeurs-adjoints aux chefs de service, les plus beaux fleurons de l'équipe directoriale seraient présents, sans compter les chargés de mission et, comme il faut bien donner le change, on avait convié quelques secrétaires qui couvaient d'un regard enamouré le quarteron de jeunes stagiaires qui entouraient le directeur.

Pour la circonstance, Vigier avait revêtu un strict costume bleu marine croisé qui avait l'avantage de cacher son début d'embonpoint – la cinquantaine n'était pas loin – et de mettre en évidence sa propre décoration. Ce n'était que la médaille d'argent du ministère, mais depuis qu'on la lui avait remise, il avait remarqué qu'elle donnait un léger strabisme à nombre de ses collègues et, rien que pour cela, il aurait dormi avec.

Dès qu'il entra dans le salon d'honneur, il reconnut le maintien raide, les cheveux courts et drus de quelques collègues qu'il abhorrait tout particulièrement. Il voulut prendre la direction opposée, mais il aperçut à temps la figure molle et pomponnée de la mère Boucher qui voisinait avec la trogne éternellement glabre de Maltais, le chef du personnel.

Par chance, survint Mlle Guyotte, la secrétaire modèle.

Il s'empressa de la saluer et alla se ranger tout à ses côtés, comme s'il voulait se mettre à l'abri de son buste généreux, de ses seins «sculptés dans le bois à bander» comme disaient les garçons d'étage antillais du ministère.

Dans un angle, sous les lambris, on avait installé un micro.

Cheveux calamistrés, visage impassible, profil de milan, le directeur, dans un impeccable costume anthracite, se tenait un peu en retrait. Il arborait un sourire calligraphique et semblait écouter avec une intense acuité les propos d'un subalterne.

Étroit d'épaules, le corps convexe, quel que soit l'angle d'approche, Duprat, le récipiendaire, dans un costume battant neuf, avait l'air légèrement emprunté.

À l'invitation du directeur, il s'approcha du micro.

C'était le moment des discours, le moment où la hiérarchie montrait tout son art, tout son savoir-faire.

Instinctivement, Vigier regarda sa montre en se demandant si le patron allait faire long ou court, manière de mesurer la véritable estime qu'il portait à

Duprat. Il pouvait, sans une note, parler des heures, émailler ses propos de citations grecques ou latines, aligner de mémoire des pourcentages, des chiffres dans différentes monnaies. Bref, comme disait Jaillard – qui était absent – «il avait fait assez d'études pour justifier son salaire rien qu'avec des mots».

Le directeur tapota sur le micro, manière élégante de réclamer le silence. Au fond de la salle, quelques agents continuaient leur parlerie, les chuts unanimes de l'assistance les firent taire.

«Mon cher Duprat,

Voici venu un moment qui est pour moi un peu comparable aux couleurs d'un arc-en-ciel, la joie s'y mêle à la tristesse. La joie, c'est, bien sûr, de vous remettre cette distinction qui vient couronner une carrière à bien des égards exemplaire. La tristesse, c'est de voir partir un collaborateur dont les mérites sont connus et appréciés de tous.»

Le directeur marqua un temps d'arrêt, regarda l'assistance, comme s'il y cherchait quelqu'un, puis reprit:

«Issu d'une famille de fonctionnaires, votre père était receveur des postes et votre mère institutrice, vous avez, mon cher Duprat, dès votre premier essai, réussi le difficile concours de Commis aux écritures, et c'est ainsi que vous êtes entré dans cette grande maison que j'ai, après bien des prédécesseurs illustres, l'honneur de diriger aujourd'hui. Vous avez même été reçu en très bonne place puisque, si j'ai bonne mémoire, vous étiez… douzième sur six mille candidats…»

Il y eut dans la salle un oh! d'admiration, tant pour saluer la qualité de la performance que la mémoire du directeur.

«On dirait qu'il le voit tous les jours», souffla Mlle Guyotte à l'oreille de Vigier.

Les mains croisées sur un costume qui ne l'était pas moins, le regard pointé sur ses chaussures visiblement neuves, l'air absent et douloureux – comme si elles étaient trop étroites – Duprat écoutait, la mine grave et pénétrée, malaxant fébrilement un rouleau de feuilles. Quand vint son tour de parler, après l'accolade et la remise de décoration – au nom du ministre empêché – il le fit avec l'éloquence de ceux qui n'aiment pas se donner en spectacle: sobrement. Quelques sourires discrets dans l'assistance marquèrent un ou deux passages où il faisait mention de son engagement et de sa disponibilité au service de l'État.

Il saisit l'occasion pour remercier les uns de leur confiance, les autres de leur dévouement et de leur loyauté, avec une mention toute particulière pour ceux dont la modestie cache une efficacité appréciée. Vigier remarqua que ceux qui souriaient quelques instants plus tôt étaient maintenant de marbre.

Bien entendu, il ne manqua pas de signaler les mérites de ses anciens collaborateurs dont la plupart était présents, et de son vieil ami Francis Vigier, qu'il était fier d'avoir eu comme stagiaire à une époque où l'élève n'avait pas encore dépassé le maître…

Le cocktail qui suivit fut conforme aux normes du genre: tout le monde parlait à tout le monde et n'écoutait personne. Gonon, le directeur des ressources humaines, allait de groupe en groupe son verre à la main, Madame suivait derrière, l'air absent. Grand, svelte, la voix au timbre de grand oral, il avait l'art de s'immiscer dans les conversations, de rebondir sur les propos des autres pour mieux parler de lui. En l'apercevant, Francis Vigier se dit: «En voici un qui mérite d'être cocu.» Malheureusement, un simple coup d'œil vers Madame, dont les disgrâces n'avaient d'égale que la morosité, aurait dissuadé les plus téméraires. Vigier échangea avec quelques collègues des propos courtois et convenus, but deux coupes d'un champagne de garnison et, après avoir salué Duprat dont le visage était maintenant d'un rouge beaucoup plus pigmenté que sa décoration, s'éclipsa discrètement.

Il avait quelques heures devant lui avant d'aller rejoindre un foyer où il faisait ménage à trois, avec un chihuahua aussi caractériel que sa maîtresse qui, très accessoirement, était aussi sa femme.

Il déambula dans les rues de Paris, les rues où il avait vécu à son arrivée. Comme si les murs avaient gardé un parfum d'autrefois. Rue Charlot: à l'emplacement de l'hôtel meublé – eau à l'étage – il y avait maintenant une agence immobilière, les Halles où il avait passé des nuits à rêver d'Irma la Douce en déchargeant des cageots…

Il aimait flâner dans ce Paris de carte postale, ce Paris disparu de sa jeunesse morte, ce Paris des derniers cafés-charbon, des rades aux zincs usés, aux percolateurs fumants comme de vieilles locos.

Il affectionnait tout particulièrement ce bistrot désuet où l'accorte patronne au strict chignon d'avant-guerre vous servait toujours des petits vins en provenance directe de la propriété.

C'est là qu'il avait rencontré ce type, ce barbu poète aux histoires étonnantes qui lui avait raconté ses voyages en planeur au-dessus du Machu Picchu avant de lui taper vingt balles au nom des Bistrots du Cœur, ce bistrot aux trognes burinées par l'alcool.

Comment s'appelait-il déjà?

Ah oui! le Verre à Soif.

– Moteur.

D'un mouvement parfaitement synchronisé, Dhole et Bébert levèrent le coude.

– Action.

Ils portèrent à leurs lèvres un verre ballon dont le contenu d'un rouge carminé avait des reflets mats.

– D'instinct, se risqua Dhole, je dirai que c'est un vin du Sud, un peu râpeux. Un Cahors peut-être.

– Et vous Bébert? questionna Mme Vidal.

– Moi, je dirai que c'est un vin pour la soif.

– Un vin pour la soif, et pourquoi pas un vin pour la messe! Resservez-moi, madame Vidal, que j'affûte mes papilles, suggéra Dhole d'un air détaché.

De bonne grâce Mme Vidal remplit de nouveau les verres.

– Je maintiens que c'est un vin du Sud, peut-être même un Riojo. Ça me fait penser au vin que je buvais avec mon pote le Bison Ravi dans le Barrio Chino.

– Allez, trinquons!

– C'est toi qui fais le train?

Au Verre à Soif, c'était un soir de dégustation aveugle qui, comme chacun sait, se caractérise par une augmentation du degré de cécité au fur et à mesure que l'on affine son jugement.

Il y avait là, le long du vieux comptoir en zinc, tout un mélange de pseudo-artistes et de petits commerçants, un conglomérat d'Africains tous vagues cousins de Bébert qui, depuis qu'il travaillait au service des déchets solides de la ville, ne quittait plus sa combinaison vert fluo d'éboueur municipal, une équipe d'ouvriers des chantiers avoisinants, un échantillon de touristes francophones égarés par un guide obsolète, un palmarès de buveurs, de dégustateurs alignés, si l'on peut dire, en triple file.

On approchait de l'heure où il est difficile de distinguer les free-lances de comptoir des buveurs de vocation, les amateurs soi-disant éclairés des esthètes assermentés.

Une fois vérifiées les séductions de ce vin neuf, aux charmes relatifs, on s'était lancé dans l'étude comparative; des similitudes avaient été trouvées qui avec le Côtes-du-Rhône Valréas, qui avec le Touraine-Pinot.

La psychanalyste du quartier avait parlé de consanguinité avec un Cabernet-Merlot de toute petite venue.

On l'avait priée d'aller rejoindre son divan.

– Mon Divan le Terrible, gloussa-t-elle, plus lacanienne que jamais.

– À défaut de clients, il héberge au moins tes cuites, dit Dhole qui, dès qu'il voyait un psy, se prenait pour Antonin Artaud.

Vieille loi de la nature, des clans s'étaient formés: les tenants du Vacqueyras s'étaient farouchement opposés à un agrégat de buveurs de Chiroubles. Une conjuration de boit-menu, petits siroteurs d'occasion, tenta hypocritement de jouer les majorités d'appoint.

Plus loin, on reprit la querelle des Anciens et des Modernes.

Les uns vantant les vertus du vieillissement en fûts de chêne.

Les autres soutenant que cette forme de thésaurisation était désuète dans une société qui pratiquait la gestion à flux tendus.

– Moi, dit le Belge de service, c'est avec les femmes que je gère mes stocks à flux tendus.

On fit assaut de culture, Vigier qui avait autrefois brillé dans un concours sur un sujet relatif à l'économie de la viticulture française, ne fut pas en reste. Il ne passa pas inaperçu lorsqu'il évoqua Catherine de Russie et sa garde de cosaques dont la seule fonction était de garder et d'acheminer à Saint-Pétersbourg les barriques de son vignoble de Tokay.

Dhole qui, quel que soit le sujet, n'était jamais pris en défaut d'anecdotes, raconta comment, lors de la guerre de Cent Ans, Castillon-la-Bataille (Gironde) était devenu un haut lieu historique grâce aux difficultés linguistiques des autochtones qui avaient transformé les ordres de tirs des Anglais «From Hedge*» en «Fromage». Ce qui, affirma-t-il péremptoire, mit fin à la guerre de Cent Ans et donna quelques années plus tard à la région, un de ses tout premiers crus.

Mme Vidal, pour étayer son propos, offrit une bouteille de Château Puy-Fromage qui, à défaut de pacifier les débats, acheva de réconcilier les puristes de tous bords.

* *From Hedge*: depuis le bord.

Bref, d'épique, la soirée devint opaque.

Dhole, pour qui le meilleur des vins avait toujours été celui qui reste à boire, fit preuve d'une grande sagesse en avançant le nom d'un Saint-Joseph.

Ce fut, de mémoire de Mme Vidal, le premier saint à faire l'unanimité en ces lieux impies.

Fort de cette victoire, et pour prévenir tout renversement d'alliance, il se lança dans des spéculations sur le vin et l'Histoire d'où il ressortait que l'ivresse avait toujours été un grand pourvoyeur de démocratie. C'est ainsi, apprit-on, que les soviets et les moujiks étaient ivres lors de la prise du Palais d'Hiver et que, d'une manière plus générale, les bastilles n'avaient jamais été prises à jeun.

Il allait entonner son célèbre:

«L'ivresse dissout les monstres

Travailleurs de tous les pays

Enivrez-vous»,

lorsqu'il sentit que ses assertions réveillaient des clivages politiques que le vin avait assoupis.

Il se fit plus œcuménique, en appela à des vendanges planétaires, à la fraternité viticole et proposa de créer sur le champ la confrérie des Témoins de Géveor.

Devant le peu de succès de cette initiative, il suggéra tour à tour: Bistrots sans frontières et l'Internationale des Comptoirs, qui fit l'unanimité.

Le Belge en fut aussitôt désigné président.

La première mesure de la nouvelle présidence fut de décréter une tournée générale de Nuits-Saint-Georges qui rallia les ultimes abstentionnistes – deux Québécois de passage et Bébert.

– En l'honneur de notre président, je vais vous raconter la véridique histoire de cet homme-grenouille belge…

S'ensuivit un fait divers dont le surréalisme n'avait d'égale, selon Dhole, que l'authenticité: l'histoire de cet homme-grenouille qui, au cours d'une partie de plongée sous-marine, avait disparu en pleine mer et que l'on retrouva deux mois plus tard, dans la même tenue, complètement calciné, en haut d'un arbre dans une pinède du Haut-Var.

– Et vous savez ce qui s'était passé?

L'auditoire était suspendu à ses lèvres.

– Vous êtes là, vous buvez mes paroles et moi, pendant ce temps, qu'est-ce que je bois?

Voyant poindre une histoire belge de plus, le président, d'un geste d'empereur romain – pouce renversé sur le zinc – fit signe à Mme Vidal d'en remettre une.

– Ce sera la dernière, on va fermer, les enfants, dit-elle en servant un petit Brûlesécaille–Côtes-de-Bourg.

Dhole ménagea ses effets. Pour lui, les derniers verres tenaient toujours un peu de la mise en bière.

– Ne me brusquez pas, madame Vidal, je suis plein de larmes.

– J'aimerais bien vous voir pleurer, André, le Lacrima-Christi à côté de vos larmes doit ressembler à de l'eau minérale.

– Alors cet homme-grenouille, qu'est-ce qui lui est arrivé?

– C'est simple, il a été happé par un canadair qui faisait le plein d'eau au large pour éteindre les incendies de forêt.

Mme Vidal accepta, pour saluer la mémoire de ce Belge dont on n'avait jamais su s'il était mort brûlé ou noyé, de servir l'ultime dernier verre.

Dehors la nuit était belle.

«Le bleu de la nuit crie au secours
Entre le vain
Et le vin
On bat des ailes, on bat des ailes.
Entre le vain
Et le vin
On bat des ailes
Comme un albatros fatigué»,

chantait Dhole en mimant un envol laborieux.

– Je me sens d'humeur à faire des heures supplémentaires, dit le président belge.

Une dame de fort calibre, jusqu'ici très discrète, proposa le Fer à Cheval pour assouvir les dernières soifs.

– Non, dit Dhole catégorique, le lieu m'est tout à fait contre-indiqué.

– Le vin n'y est pas bon?

– Ce n'est pas le vin qui est en cause, c'est moi. J'y ai laissé une ardoise qui aurait pu couvrir la toiture des immeubles du quartier.

– La direction a changé.

– Hennit soit qui mal y pense, dit Dhole qui partit en ruades vers la dernière bouée de la nuit.

C'est le moment que choisit Francis Vigier pour s'éclipser discrètement.

Lorsqu'il se coucha cette nuit-là, il sentit les fesses froides de sa femme qui se dérobaient de l'autre côté du lit.

Il se dit en s'endormant, qu'en dehors du vin qui l'imbibait, il n'y avait rien de nouveau sous le ciel des draps…

Comme il s'apprêtait à sortir du ministère, il entendit une petite voix qui chuchotait son nom tout près de lui.

– Monsieur Jaillard, monsieur Jaillard.

– Ou je me trompe, ou c'est ma païse préférée.

C'était elle, Mlle Guyotte, avec sa voix de petite fille trop sage. Il l'aurait reconnue entre cent, cette voix un peu chantante qui sentait bon le «païs».

Comme cela leur arrivait parfois, il lui proposa de prendre un verre avant de rentrer.

– Non merci, monsieur Jaillard, je ne peux pas ce soir.

– Allez, un petit porto avant de se faire bouffer par la cohue.

– Non, vraiment, je ne peux pas, je garde le bébé d'une amie.

– Tiens donc, il est brun ou blond, ce bébé?

Il insista pour la forme, sachant bien qu'elle disait vrai, qu'elle n'avait pas de coquin comme le prétendait la fielleuse mère Boucher. Il la plaisantait par courtoisie. C'était sa manière d'effacer cette espèce de déshonneur qui imprègne les êtres perclus de solitude; sa façon à lui Jaillard, le boute-en-train du service de la redevance, de lui faire oublier qu'avec son visage mafflu aux joues toujours rouges, sa bouche trop petite et son regard un peu chafouin, elle n'était pas très attirante, malgré sa tenue impeccable, son chemisier toujours blanc et sa jupe stricte de secrétaire modèle.

– Alors, c'est non, vraiment?

– Un autre soir, monsieur Jaillard. Non, vraiment, ce soir je ne peux pas.

– Bah, je n'ai jamais eu de chance avec les femmes.

Il la quitta à l'entrée du métro, pénétra dans le premier café venu et s'agglutina le long du comptoir à la masse de ceux qui prennent un petit dernier avant de rejoindre un logement froid, impersonnel, dans la banlieue générale où des épouses indifférentes – lorsqu'elles sont encore là – vous désignent, dès votre arrivée, le congélateur comme premier lieu d'effusion.

Il écouta les parleries de comptoir, les histoires de tiercé dans l'ordre, de penalties scandaleusement refusés, de loto miracle, de chefs de service irascibles. Il prit une petite Côtes, histoire de retarder le plus longtemps possible son rendez-vous quotidien avec la solitude.

À cette heure-là, le premier verre le lavait des mascarades de la journée. Il y trempa les lèvres comme on interroge un miroir.

Tu parles d'une vie, Jaillard, à ton âge, personne qui t'attend, pas de femme, pas d'épouse fidèle qui t'a mijoté un bon petit plat. Pas d'enfant qui te saute au cou quand tu rentres. Non. Rien que le chat du gros monsieur d'en face, M. William il s'appelle, qui vient parfois se frotter contre tes jambes et qui disparaît dès que tu lui as donné quelque chose à manger.

À la deuxième gorgée, il se sentit un peu moins seul.

C'est vrai, il y a quand même la petite qui vient te visiter, de temps à autre, quand elle a besoin de fric, mais elle, finalement, c'est juste un peu de tendresse au noir, d'amour pas déclaré. C'est une fille comme la petite Guyotte qu'il te faudrait. Toujours gracieuse, toujours disponible pour les autres. Avec ses seins d'avant-garde, comme tu lui dis quand tu as envie de la faire rougir, elle a tout pour rendre un homme heureux, pensa-t-il en vidant le premier verre.

Le second suivit aussitôt.

Elle t'aime bien, la petite Guyotte, d'ailleurs tout le monde t'aime bien dans le service, excepté ce con de Maltais et cette garce de mère Boucher. Celle-là, un jour, tu lui diras son fait, tu lui videras ton sac:

«Vous représentez tout ce que je déteste, madame Boucher, avec votre sourire faux cul, votre voix mielleuse, vos propos racistes, avec votre double menton qui confine au goitre, votre triple poitrine et votre arrière-train qui est encore plus volumineux que vos arrière-pensées.»

Debout dans le métro, elle pensait justement à lui, la petite Guyotte.

«Quel gentil monsieur, ce M. Jaillard, il n'y a que moi dans le service qui l'appelle monsieur, tous les autres l'appellent Jaillard. Quelle tristesse dans son regard malgré toutes ses plaisanteries, qu'est-ce qu'il doit être seul dans son HLM avec son poisson vert daltonien comme il dit.»

Là, debout, toute seule dans l'indifférence générale.

Aucun regard ne croise le sien, ou alors si furtivement qu'elle a l'impression d'être transparente, invisible. Parfois un homme pose ses yeux sur ses seins, il est bien rare que le regard s'attarde plus haut. Au-dessus, à hauteur du visage, c'est comme si elle n'existait pas.

Deux ombres minuscules, deux bouts de vie en route vers une soirée de solitude.

Une de plus.

Jaillard regarde autour de lui ces visages clos sur de toutes petites histoires, des histoires de rien, des histoires dont on ne parle que lorsqu'elles deviennent tragiques, le temps d'un fait divers, tous ces regards vides de vie, éteints. Ça lui rappelle le bureau, le travail mécanique, les bavardages sur tout et rien, les bavasseries de la mère Boucher.

Combien sont-ils à vivre cette non-vie?

Combien sont-ils qui passeront la soirée devant un écran à s'assommer d'images, d'histoires qui n'arrivent qu'aux autres?

Il sirotera une petite prune, peut-être deux, histoire d'apprivoiser le sommeil. Un peu d'ivresse, rien de tel pour se sentir vivant.

Et elle, la petite Guyotte, qui l'attend, excepté ce bébé d'emprunt? Ce bébé qu'elle garde de temps à autre, en pensant à celui qu'elle aimerait avoir, ce bébé qu'elle serre contre sa poitrine, qu'elle berce en faisant les cent pas dans son petit logement, ce bébé qu'une fois encore elle regardera dormir, en sentant monter en elle, tout au fond de la gorge, comme un caillot de larmes.

Dernier vestige d'un arbre généalogique lourd en particules, le directeur eut un mouvement de sourcils qui appelait le monocle. C'était, chez cet homme d'une exquise courtoisie et d'un savoir-vivre presque désuet, le signe extrême d'un grand agacement.

D'un revers de main aristocratique, il balaya l'espace devant lui.

– Concluez, s'il vous plaît, cher monsieur, concluez.

Depuis une bonne dizaine de minutes, Maltais, le chef du personnel, énumérait jusqu'à l'exhaustion les différents aspects d'une question subalterne pour un tel aréopage: celle des crédits d'heures supplémentaires de certaines catégories de personnel. En fonctionnaire chevronné, parfait adepte du balancement circonspect, il oscillait entre le Yin et le Yang en se gardant bien d'émettre un point de vue personnel.

Chacun, autour de la grande table ovale qui abritait les réunions de direction, donnait le change, qui en prenant des notes, qui en feignant d'en prendre. Seul le sous-directeur, familier des mouvements d'arcades du directeur, regardait ostensiblement le plafond.

«En fait, ce ne sont pas tant les idées qui nous différencient des autres, que la façon de les exprimer, la terminologie, voilà toute la différence», se disait Francis

Vigier en regardant fixement la feuille posée devant lui. Dessus, quelques mots, quelques phrases prises au vol composaient un étonnant florilège. Il relut ses notes: «Lisser les bosses d'une évolution en dents de scie…, immuni par un soutien massif à…» Qui, en dehors de ceux qui l'entouraient, pouvait comprendre ce jargon?

Il y avait des jours ainsi dans la vie de Francis Vigier, des jours où tout lui paraissait vain, où la vie autour de lui ressemblait à un immense jeu de rôles – tu es trop négatif Francis, lui disait sa femme, tu n'as pas changé depuis notre mariage, tu raisonnes toujours comme quand tu étais en bas de l'échelle, tu as des réactions d'adolescent. Non, des réactions de classe contre la caste des monstres froids, disait-il pour se défendre.

L'autre conclut enfin.

Francis Vigier se garda bien, au moment du tour de table qui suivit l'exposé, d'émettre un avis. Ce genre de réunion faisait partie d'un rituel dont il n'attendait rien depuis longtemps. Rien d'important ne s'y décidait, on passait des heures à naviguer dans l'abstraction, loin du concret, du «vécu des agents», comme disaient les tracts syndicaux. Les vraies décisions étaient prises ailleurs, elles tombaient d'en haut, avec la formule consacrée «le Cabinet souhaite que…», «le directeur, le ministre attacherait du prix à…», elles étaient répercutées dans les services «pour exécution», sans souci de faisabilité, comme si l'essentiel était que les ordres soient approuvés plutôt qu'exécutés.

La réunion s'éternisait, les interventions des uns et des autres étaient conformes aux normes du genre: sobres, précises, neutres, pour tout dire ennuyeuses. Francis Vigier nota au passage quelques phrases dignes de figurer dans un glossaire pour non-initiés. Il regardait les visages, alentour. Ils ne lui inspiraient rien, ils semblaient pétrifiés dans un désert d'attitudes convenues. Ces regards, ces voix, ces visages, étaient interchangeables à l'infini.

À midi, «retenu par les obligations de sa charge», le directeur quitta la réunion.

«Tu parles d'obligations, se dit Francis Vigier, c'est le jour de son tennis.»

L'ordre du jour étant épuisé, le sous-directeur leva la séance quelques minutes plus tard.

En sortant de la réunion, Francis Vigier aperçut monsieur Jaillard qui semblait égaré dans les hauteurs du ministère. Il éprouvait de la sympathie pour ce type au visage douloureux de vieil enfant triste. C'était un visage aux traits alourdis de fatigue comme s'il portait les stigmates d'anciennes servitudes.

Un visage sans race pour échapper à la race sans visage, se dit Francis Vigier en prenant subitement congé de ses collègues.

– Tiens, monsieur Jaillard, comment allez-vous, on ne vous voit pas souvent par ici.

– Oh! Vous savez, monsieur Vigier, je ne supporte pas l'altitude.

Il aimait bien cet humour désabusé, cette façon de ne pas se prendre au sérieux, d'être sans illusion sur lui-même. Cela le changeait tellement de son entourage.

– Je cherche le bureau de M. Maupois.

– C'est le bureau qui jouxte le mien. Venez, je vais vous montrer.

Il est bien ce type, pensa Jaillard, on dirait qu'il ne sort pas du même moule que les autres, tous ces zimbureaucrates. Voilà quelqu'un avec qui j'aimerais bien travailler.

– Monsieur Vigier, puis-je vous demander quelque chose?

Il lui parla de sa demande de mutation, il lui expliqua qu'il en avait assez d'être la tête de Turc du service où il travaillait.

Francis Vigier l'écouta avec une attention qui ne semblait pas feinte.

«Je vais voir ce que je peux faire», lui dit-il en le quittant.

De retour dans son bureau, Francis Vigier alla se planter devant la fenêtre.

Il occupait un bureau d'angle, envié par beaucoup.

En dehors de sa double exposition, c'était un lieu qui n'impressionnait que ceux qui n'y étaient jamais entrés.

C'était un bureau sobre, de chef ordinaire, aurait dit Jaillard, aucun luxe ostensible, une moquette gris tourterelle, des murs blanc cassé, une bibliothèque vitrée où étaient alignés les codes, les textes légaux, les circulaires: tout un tas de documents que Francis Vigier ne consultait qu'à contrecœur. Seule touche personnelle sur un mur, la reproduction d'une affiche d'Ernest Pignon représentant Rimbaud, Rimbaud le voyou en partance vers tous les ailleurs.

À travers la fenêtre, Francis Vigier regardait Paris, l'horizon torturé de grues, ce Paris qu'il aimait tant et qui n'était plus qu'un entonnoir à béton.

Il ne lui restait que ses souvenirs pour faire revivre le Paris de ses errances.

Il flâna au-dessus des tours du XIIIe arrondissement, retrouva une petite chambre de bonne rue du Dessousdes-Berges, marcha vers les Gobelins, fit un détour par le Luxembourg, passa par la Mouffe pour rejoindre la Seine, franchit le pont Notre-Dame, s'arrêta au pied de la tour Saint-Jacques, puis repartit tout droit vers les Halles par la rue Rambuteau. Là, il s'assit à une terrasse et se revit, jeune étudiant fauché, en train de pousser une charrette pleine de cageots.

Rue de la Grange-Batelière, rue des Blancs-Manteaux…

Quelques noms de rues lui suffisaient pour échapper à l'univers glacé du ministère…

Il décrocha le téléphone, entendit la voix condoléante de son épouse dans le répondeur téléphonique et laissa un message.

«Allo, Armelle, c'est Francis, ne m'attends pas pour manger ce soir, j'ai une commande importante du Cabinet qui vient de tomber. Je rentrerai plus tard.»

Il y avait des jours ainsi dans la vie de Francis Vigier, des jours où sa météorologie personnelle s'accordait avec la couleur gris terne des couloirs du ministère, des jours où il n'était pas pressé de retrouver une épouse plus attentive à la toilette de son chihuahua qu'à son bureaucrate de mari, une épouse qui, depuis qu'elle avait découvert les vertus du féminisme, le traitait de macho dès qu'il lui demandait de lui passer le sel.

C'est sans doute ce jour-là qu'il remarqua, pour la première fois, en sortant du ministère, une publicité sur un mur qui disait: 36 15 L'envie d'aimer.

De son poste d'observation habituel, au bout du comptoir du Verre à Soif, Jaillard regardait Dhole dans l'un de ses exercices favoris.

– J'habite mes poches, c'est ma maison, mes poches. Depuis le temps que je les vide et que je les remplis, si j'avais vendu leur contenu à une usine de recyclage, j'aurais fait fortune.

– Et si tu avais rendu toutes les bouteilles consignées que tu as bues, tu serais déjà milliardaire, rétorqua Bébert toujours affublé de son inséparable combinaison vert fluo.

Tous les deux ou trois mois, lorsqu'il se sentait un peu trop lesté par leur contenu, André Dhole faisait l'inventaire de ses poches. Au préalable, conscient du trouble que cela pouvait engendrer, il demandait l'autorisation à la maîtresse des lieux.

– Madame Vidal, disait-il en s'appuyant lourdement au comptoir, je suis comme un vieux paquebot, quand j'arrive à quai, je n'ai plus ma ligne de flottaison. Est-ce que je peux prendre un peu d'espace pour accomplir cette besogne à laquelle je répugne?

– Faites, André, je ne voudrais surtout pas que votre ligne de flottaison arrive en dessous du comptoir.

– Surtout que ça ferait baisser le chiffre d'affaires, renchérit Bébert.

Quiconque n'a jamais vu un singe en train de s'épouiller n'a qu'une faible idée du spectacle qui s'offrait alors aux habitués du Verre à Soif…

Dhole mettait à cet exercice autant de minutie, de soin, d'application, que ce lointain ancêtre qui descend parfois si vite les arbres généalogiques. Chaque feuille faisait l'objet d'un examen attentif, le moindre bout de papier était déplié, lissé du plat de la main, retourné.

– Tiens, celle-là, qu'est-ce qu'elle est devenue? Vous vous rappelez, madame Vidal, la petite secrétaire qui avait des allures andalouses?

– Parfaitement, André.

– Aucune nouvelle, comme toujours des grands mots, des grandes déclarations, puis plus rien. Pas un mot, pas une nouvelle, je ne comprendrai jamais les femmes.

Mme Vidal, qui n'avait pas eu besoin du féminisme pour découvrir la solidarité, ne put s'empêcher de réagir:

– André, s'il vous plaît! Vous l'avez injuriée devant tout le monde, vous l'avez même traitée de poupée gonflable.

– Ah! oui, je ne m'en souviens plus. Elle avait dû me contrarier.

– André, n'est-ce pas avec elle qu'une nuit vous vous êtes pris pour Miró, que vous avez vidé le contenu de son réfrigérateur sur un mur?

– Oh! juste un peu de ketchup, de moutarde et quelques œufs. Ça, je m'en souviens. Elle n'entendait rien à l'art brut… Bon, si je comprends bien, ce n'est pas la peine que je garde son adresse.

Au fil des heures des tas indistincts se formaient, certains papiers donnaient lieu à un commentaire sarcastique ou désabusé.

«Et ce con, ça se prétend éditeur, écoutez-moi ça:

Cher André Dhole,

Pourquoi vous le cacher plus longtemps, je suis assez déçu par votre manuscrit: les fruits n'ont pas tenu la promesse des fleurs. Entre le projet dont vous m'aviez parlé au moment de la remise de l'avance sur vos droits et le manuscrit final, il y a des galaxies...

J'attends, nous attendons tous, de vous un livre pour les Prix, un livre où, enfin, votre talent sera incontestablement reconnu.

Un livre pour les Prix, éructa-t-il, et pourquoi pas le Nobel? Je ne fais pas dans la soupe en sachet, moi, je n'écris pas pour les belles âmes qui prennent la pose dans le ciel des lettres. Je fais ce que j'ai toujours su faire: du Dhole, du non-convenu, oui j'écris débraillé, je ne fais pas dans l'hallalittérature, moi. Et ce n'est pas tout, écoutez le post-scriptum:

Il faut être de son temps, cher André, que n'utilisez-vous un traitement de texte? Votre manuscrit est illisible par endroits.

Un traitement de texte et pourquoi pas un moine copiste, un traitement de texte, non mais, et puis d'abord, pourquoi faire traiter mes textes, ils ne sont pas malades.»

Jaillard s'était approché. Lui aussi, il écrivait. Oh! de toutes petites choses, des poèmes, des vers de mirliton, qui hésitaient entre le vers libre et la chansonnette rimée, qu'il avait intitulés *Soirs de mornes lunes*. Ça lui venait parfois le soir quand il sirotait sa petite prune. Il avait envoyé le manuscrit à plusieurs éditeurs. En réponse, il avait reçu des lettres passe-partout du genre:

«Malgré les nombreux mérites de votre ouvrage, il ne nous paraît pas possible de le retenir pour publication…»

Tous le lui avaient refusé, sauf un, qui n'avait pas hésité à lui parler de révélation poétique de l'année, de lancement publicitaire dans la presse, à la radio, et lui avait demandé la modeste somme de 27 000 F pour faire paraître 1000 exemplaires.

– Comment ça se passe pour faire éditer un livre? chuchota-t-il à l'oreille de Dhole.

D'un œil angoissé, quasi spleenétique, Dhole fixa le fond de son verre vide. Jaillard comprit le message, il regarda sa montre: trop tard pour revenir au bureau et puis, de toute façon, la mère Boucher avait déjà dû alerter tout l'étage de son absence, alors, tant qu'à faire.

– Vous prendrez bien un verre?

– Volontiers, dit Dhole d'un air détaché. Qu'est-ce que vous voulez savoir sur l'édition?

– Eh bien voilà, je connais quelqu'un qui écrit et qui ne sait pas comment se faire éditer.

– Quel genre de texte? fit Dhole, soudain très professionnel.

– De la poésie.

– De la poésie! Mon pauvre ami! Mais plus personne aujourd'hui ne publie de la poésie. Regardez dans les librairies: on ne trouve que des poètes morts. Regardez-moi.

– Vous n'avez pas de lecteurs?

– Il y a bien quelques folles du cul, quelques bourgeoises des beaux quartiers qui viennent vibrionner près du poète maudit, mais je suis au RMI mon vieux, je n'ai pas, comme Hardellet, un Brassens qui vient s'asseoir à mes côtés quand je dédicace mes livres, ou comme André de Richaud, un Michel Piccoli qui m'offre le gîte et le couvert. Si je n'avais pas Mme Vidal et quelques copains, je serais mort de soif depuis longtemps. Quand je mourrai, ce qui ne saurait tarder, tout le monde saluera mon œuvre. On rééditera mes livres. En attendant, je crève la plume, vous savez, la littérature, c'est un suicide au compte-gouttes.

– Pourtant il y a un éditeur qui a accepté le manuscrit.

– À compte d'auteur sans doute.

– À quoi?

– Moyennant finances. En payant aujourd'hui, on peut tout avoir, sauf du talent.

– Vous pensez que ce n'est pas une bonne solution?

– C'est la plus mauvaise.

– Pourquoi?

– Parce que les éditeurs à compte d'auteur acceptent de tout publier si l'on paie et la presse ne parle jamais de leurs publications, même si elle accepte leurs publicités. Elle se donne bonne conscience comme ça: par le silence.

Jaillard garda une impression confuse de cet entretien d'où il ressortait que les libraires – excepté les rares qui vendaient les livres d'André Dhole – savaient mieux compter que lire, que les éditeurs étaient des éditueurs, des Al Capone du bon à tirer et que le mieux, quitte à payer, était, peut-être, de s'autoéditer.

– … de toute façon, on est toujours perdant. Avec la poésie, toute ma vie, j'ai tissé un manteau de misère et maintenant j'ai l'impression que ce manteau me ronge les os.

– Vous prendrez bien un dernier verre pour les réchauffer?

– Pourquoi pas. Vous savez, au début, on écrit pour donner rendez-vous, mais les livres, croyez-moi, sont les bouquets de fleurs fanées des rendez-vous manqués. L'indifférence, aujourd'hui, tue bien plus sûrement qu'une bombe à neutrons.

Vraiment, se dit Jaillard, ce type-là a un don. Il fait toucher du doigt la vraie douleur, celle de l'ultime solitude. C'est peut-être ça un poète.

Du coup, les effluves du Chassagne-Montrachet aidant, il se sentit un peu moins seul.

Calé sur trois oreillers au fond de son lit, Maurice Jaillard se disait qu'il n'y avait pas que des inconvénients à vivre seul.

Quelle femme aurait accepté de partager sa couche avec un type qui bouffe au lit et qui en met partout?

Sur la table de nuit à côté trônaient, presque vide, une bouteille de Côtes-de-Bourg, un morceau de saucisse sèche et un quignon de pain.

Quelle femme pouvait supporter de voir s'entasser la vaisselle de plusieurs jours pleine de mégots de cigarettes et les boîtes de conserves vides, traîner un peu partout les slips et les chaussettes sales, s'empiler les livres et les journaux?

Si elle existait, ce devait être une souillon et il n'aurait pas aimé la rencontrer.

D'expérience, il savait qu'une seule avait pu endurer ce type si taciturne qui avait des bouffées de mutisme, des crises de silence. Une seule en plus de cinquante ans, mais c'était une autre histoire...

Il lisait un roman policier en grignotant ou il regardait une vidéo à la télé posée juste en face du lit.

Il passait ses fins de semaine couché en faisant le minimum de gestes. Il flânait entre les quatre murs de son studio en robe de chambre, pas rasé, pas peigné, pas lavé. Par moments il parlait tout seul, à voix haute.

En dehors de ses escapades bureaucratiques au Verre à Soif, il avait l'alcool plutôt solitaire. Parfois, quand il l'apercevait dans l'escalier, il invitait le voisin d'en face. Un gros monsieur que tout le monde dans l'immeuble appelait M. William, «Allez, venez, venez soigner votre durillon de comptoir» et le temps d'un ou deux Banyuls ils parlaient de ses Raminagrobis. Ce qui n'était pas un petit sujet de conversation puisque, aux dires du voisinage, M. William avait dix-huit chats...

Le soir, lorsqu'il rentrait chez lui, il allumait la télévision. Il ne la regardait pas, mais les voix qu'il entendait habillaient un peu le silence du studio. C'était un habit de pacotille qui couvrait à peine les échos du voisinage.

Qu'importe ce qui se passait à la télévision, il entendait des mots, des paroles. Ça lui faisait du bien, il se sentait moins seul. Parfois il leur répondait, entrait dans les dialogues, s'immisçait dans l'histoire, parlait haut. Pour peu qu'il reconnût un physique honni, du genre mère Boucher, ou Maltais le chef du personnel, il tombait, l'alcool aidant, dans l'insulte, l'invective.

Avec un tel tapage, qui aurait pu croire qu'il vivait seul, Jaillard? Quelques belles âmes s'étaient même inquiétées auprès du gardien de l'immeuble:

– M. Jaillard? Il vit seul, je ne surveille pas les allées et venues des uns et des autres, mais c'est rare quand il a de la visite. Il y a bien de temps à autre une jeune femme, une petite brunette, qui ne se rappelle jamais l'étage. En dehors d'elle, je ne vois personne.

Eh oui! il y avait la Petite.

Quand elle venait, il n'allumait pas la télévision.

Ces soirs-là, son studio prenait des airs de fête. Plus de chaussettes, de slips qui traînaient, plus de boustifaille autour du lit, non, il mettait sur la table une nappe blanche brodée, une nappe d'autrefois qui lui venait de sa grand-mère, un vieux bougeoir en bronze. Dans le réfrigérateur attendaient deux bouteilles de champagne, du bon, du Mumm Grand Cordon et quelques plats cuisinés du traiteur d'à côté. Sur sa vieille chaîne, il mettait des disques anciens, des vinyles un peu ringards comme elle disait, la Petite, en découvrant une superbe dentition.

Sur les huit heures, on sonnait et, dans l'embrasure de la porte, apparaissait une silhouette d'enfant: c'était la Petite. Il l'appelait ainsi, ce n'était pas très original, en raison de sa taille minuscule.

«Je suis une femme bonsaï», aimait-elle à dire avec ce beau sourire qui le faisait chavirer, Jaillard. Elle tendait vers lui son visage un peu mutin, le regardait de ses grands yeux anthracite.

La Petite, c'était une ancienne voisine de palier. Il l'avait connue par hasard, par accident, un jour qu'elle avait fait une crise d'hypoglycémie dans l'escalier. Il lui avait donné un peu d'alcool de menthe sur un sucre et elle s'était tout de suite sentie mieux. Ils ne s'étaient pas perdus de vue. Depuis qu'elle avait déménagé, elle venait le voir régulièrement. Le téléphone sonnait: «Je peux venir demain?» et il disait oui. Il disait toujours oui. Il ne savait pas dire non. Surtout à elle, la Petite.

Elle était là, vêtue de noir «par précaution, on est toujours en deuil de quelque chose» souriait-elle, elle se hissait sur la pointe des pieds pour lui offrir ses lèvres de voleuse de cerises.

Après le repas, elle se roulait un pétard. Assise en tailleur, elle le regardait avec tendresse.

«Tu en veux?»

Il feignait de tirer quelques bouffées tout en la caressant. Doucement, lentement. Il glissait sa main dans l'échancrure de ses jambes, s'attardait longtemps là où la peau s'affine, à la lisière de cette autre soie où il savait si bien poser ses lèvres, «il n'y a que toi qui sais me caresser comme ça, Nounours», elle ouvrait un peu plus les jambes. Et dans ces moments-là, il oubliait complètement sa condition de petit fonctionnaire.

Certains soirs, elle restait dormir avec lui. Elle lovait son corps menu contre le sien, petite boule de douceur, de tendresse, nichée au creux de sa vieille peau. Elle lui parlait de son père alcoolique qui s'était suicidé à coup de chevrotines, de sa mère battue, de ses sept frères et sœurs abrutis d'alcool, délinquants, de son mari, «son ex» qui ne l'avait plus touchée après la naissance de leur fils. Il l'écoutait, en respirant le parfum musqué de sa nuque.

«Je t'aime bien, Nounours, tu as une bonne tête, la tête de quelqu'un qui n'a jamais fait de mal à personne… Tu n'es pas de cette époque, Nounours, tu es trop bon. On vit une époque cannibale. Tu appartiens à une espèce en voie d'extinction, s'il n'y avait que des gens comme toi, la terre serait le paradis.»

Parfois, entre caresses et gémissements, ils parlaient de leur vie, autant dire de leurs déconvenues. Ils se disaient qu'ils avaient eu de la chance de se rencontrer, mais lui, Jaillard, savait bien que cela ne menait à rien, que ce n'était qu'une petite parenthèse dans l'échappée du temps dont il ne resterait rien, sauf, peut-être, le matin après son départ, quelques traces au crayon gras sur le miroir de la salle de bains, quelques mots de la Petite: Nounours, Zoubi.

Quand elle partait, elle trouvait dans son sac l'enveloppe qu'il avait discrètement posée. C'est qu'elle vivait seule, la Petite, avec un jeune garçon et sans pension alimentaire. Elle ne lui demandait jamais rien, mais il fallait bien qu'elle se débrouille.

Après son passage, le studio retrouvait son désordre, son odeur si particulière, comme si la solitude avait une senteur bien à elle.

Des jours entiers le téléphone restait muet. Les bruits venus de l'extérieur lui assénaient le temps des autres: miaulements des chats du voisin, enfants qui pleurent, écoulements d'eau et, une fois par semaine (le dimanche matin de préférence), des petits cris aigus de cochon que l'on égorge: la voisine du dessus qui jouit – ou qui fait semblant – pensait Jaillard, du fond de son lit, en grignotant un morceau de fromage ou de saucisson…

Souvent l'après-midi, pendant quelques heures, le Verre à Soif devenait un havre de paix, une parenthèse de silence à deux pas du tumulte des klaxons.

Quelque part entre Buenos Aires et la cordillère des Andes, à moins que ce ne soit entre Vancouver et Chicoutimi, Dhole somnolait.

Mme Vidal lisait. Bébert étrennait un nouveau stylo en écrivant une interminable lettre à des cousins aussi improbables que lointains.

Le quartier, engourdi dans l'épaisseur de ses murs, prenait alors un petit air province.

Chacun flânait dans sa tête, musardait dans ses souvenirs. De temps à autre Bébert demandait l'orthographe d'un mot:

– Prévarication? C'est un Q ou un C?

– C'est un C. Tu écris à ton percepteur? souffla Dhole sans desserrer les paupières.

– Non, à mon cousin de Venez-Voir.

– Ton cousin de Venez-Voir? C'est où ce bled?

– C'est juste à côté de Libreville. Tu sais pourquoi ça s'appelle comme ça?

– Parce que ça vaut le détour? Non?

– Pas du tout, bien au contraire, c'est un village en tôle et en planches, on l'appelle Venez-Voir parce que jamais aucun ministre n'y est venu.

– Et tu lui parles de prévarication à ton cousin de Venez-Voir, tu as intérêt à lui envoyer un dictionnaire avec ta lettre…

Mme Vidal commentait ses lectures.

C'est au cours de ces après-midi qu'elle faisait ses plus beaux voyages…

Il suffisait d'un mot, d'un nom, d'un regard, pour qu'André Dhole l'emmène au bout du monde. En sa compagnie elle en avait fait des voyages sans quitter son comptoir, elle en avait découvert des horizons.

S'il vous plaît, André Dhole, emmenez-moi avec vous, faites-moi visiter les canyons de l'Eldorado, emmenez-moi en planeur sur le Machu Picchu, invitez-moi encore à la table d'André Breton et de Jacques Prévert, faites rêver la vieille dame qui n'a jamais été jeune, hissez le foc, lâchez les amarres, ouvrez les vannes, emmenez-moi au bout du rêve. C'est tout cela que semblait dire le regard de Mme Vidal, et Dhole, dans ces moments-là, ne la laissait jamais à quai.

– Vous connaissez la Thaïlande, André? Ils font beaucoup de publicité en ce moment dans le journal pour ce pays.

Lui, qui n'avait que très rarement dépassé les limites du périphérique, saisit l'occasion pour lui raconter quelques-unes de ses péripéties aériennes.

– Vous savez, après mon crash à Gander, je suis resté quelque temps sans voyager.

Elle embarquait, Mme Vidal, elle y était dans l'avion, elle avait déjà attaché sa ceinture.

– Votre crash à Gander!

– Je ne vous ai jamais raconté ça? C'était dans les années soixante. Je revenais de Montréal où j'avais été saluer mon vieux complice.

Sans que l'on sache très bien pourquoi, chaque fois que Bébert entendait ce mot, il rajoutait: «Mes couilles aussi».

–Quoi mes couilles aussi?

–Mon vieux complice, mes couilles aussi. Tu connais pas l'histoire de la vieille marquise qui retrouve dans une soirée un très ancien amant? Elle se précipite vers lui, les bras tendus: «Mon vieux complice». Et il lui répond: «Mes couilles aussi».

– Bébert, tu deviens trivial, je revenais donc de saluer mon vieux complice Patrick Straram, dit Le Bison Ravi, je vous parlerai un jour de lui, de nos virées dans le Barrio Chino. Le Bison, c'est comme Floréal Faure, toute une légende. Voilà. Je revenais donc de Montréal, nous volions depuis à peine deux heures lorsque le pilote nous annonce qu'à la suite d'un problème de moteur, nous allions devoir nous poser en urgence à Gander.

–C'est où Gander? questionna Bébert.

–C'est à côté de Saint-Pierre-et-Miquelon. Aujourd'hui, c'est un aéroport militaire, autrefois, du temps des avions à hélices, quand on mettait dix-huit heures pour traverser l'Atlantique, c'était une halte obligatoire pour le ravitaillement en essence. On se pose sans problème. On nous fait sortir de l'avion et on nous parque dans une espèce de hangar glacial. À travers les vitres, je voyais les mécaniciens qui s'activaient autour de l'avion. Ça dure deux ou trois heures. Puis on réembarque. Avant de décoller, le pilote s'excuse pour le retard. «Tout est sous contrôle», dit-il. Et on décolle. L'avion prend de l'altitude. Je me mets à l'aise, je commence à délacer mes chaussures. Puis, plus rien: le grand trou noir, le vide total.

Quand j'ai repris conscience, j'étais assis dans mon fauteuil en pleine toundra.

– C'est où? demanda Bébert.

– C'est où quoi?

– La plaine Toundra?

– C'est le froid qui m'a réveillé. Et ma première vision dans la brume, c'est l'avion qui brûle. Il avait explosé. On n'a jamais su pourquoi. Je crois que c'est d'être penché en avant pour délacer mes chaussures qui m'a sauvé la vie. Sur le siège à côté de moi, ma voisine était morte. L'horreur indescriptible, elle avait été soufflée par l'explosion. Il y a eu deux cent quarante-sept morts et trois survivants.

– André, vous me glacez les os, moi qui n'ai jamais pris l'avion.

– Moi aussi, madame Vidal, j'avais les os glacés, quand ils m'ont radiographié, on a compté cent vingt-sept fractures!

– Cent vingt-sept fractures! Mais, comment êtes-vous encore entier?

– On pouvait faire une partie d'osselets, ricana Bébert.

– Bébert, cannibale de comptoir, tu ne respectes rien. Non, madame Vidal, j'étais entier, seulement à la radiographie j'avais tellement froid que je tremblais de partout...

Mais ce n'est pas fini. Je suis resté quelque temps en observation à l'hôpital, à Québec, où finalement on m'a plâtré pour une fracture du scaphoïde.

– C'est quoi le scaphoïde, il y a de la moelle dedans?

– Bébert, s'il te plaît, le problème avec toi, c'est qu'on ne voit jamais quand tu es noir.

– Ça se trouve où, André, le scaphoïde?

– C'est un tout petit os, madame Vidal, un os minuscule qui se trouve à la jointure du pouce et de l'index, pour quelqu'un qui écrit, c'est très gênant. C'est pour cela que j'ai parfois du retard dans mes échéances, madame Vidal, quand je souffre du scaphoïde je ne peux pas écrire, ma main ressemble à une sculpture de Giacometti, tellement j'ai des crampes.

Bref, on m'avait transporté à l'hôpital de Québec. En sortant, je me dis: il faut exorciser le mal. Je décide de reprendre l'avion pour aller à Montréal. À trois kilomètres de l'aéroport, mon taxi éclate un pneu. Du coup je rate l'avion. Comme il fallait que je sois impérativement le soir même à Montréal, je saute dans un train. On était à peu près à mi-parcours lorsque le train s'arrête en pleine campagne. On descend et qu'est-ce qu'on voit: l'avion que je venais de rater qui s'était crashé sur la voie ferrée. Et là, il n'y a eu aucun survivant.

– Normal, gloussa Bébert, tu n'étais pas dedans.

– Laisse-moi finir. Un an après, peut-être, c'était la première fois que je reprenais l'avion, j'allais à Chicago pour un reportage sur le fils putatif d'Al Capone.

– Pourquoi sa maman était une...

– Écoute, Bébert, cesse tout le temps de m'interrompre avec tes jeux de mots oiseux. On était donc en phase d'approche, vous savez le moment où il faut attacher sa ceinture et éteindre les cigarettes. Soudain le pilote nous annonce que nous avions un problème de train d'atterrissage: «On va quand même essayer de le faire sortir, excusez-nous, mais ça risque d'être un peu inconfortable», et il se met à balancer l'avion à droite, à gauche, c'est tout juste si on ne faisait pas des loopings. Tout le monde était livide, les hôtesses étaient attachées sur leur siège. Ça dure bien un quart d'heure, à côté de moi, il y avait un Belge qui n'arrêtait pas de répéter: «Maman, je vais mourir, maman, je vais mourir.» Puis le pilote annonce: «Le train d'atterrissage ne veut pas sortir, on va devoir atterrir sur le ventre. Ne vous inquiétez pas, c'est ma spécialité.» Là, tout le monde était vert, certains se sont mis à prier, d'autres à gémir. Je regarde par le hublot et je vois en bas sur la piste des camions de pompiers qui répandaient de la neige carbonique sur la piste.

– De la neige carbonique?

– Oui, pour éviter que l'avion ne prenne feu avec le frottement de l'acier sur la piste, c'est le principal risque. On a atterri dans un fracas d'enfer, il y avait des hurlements, des cris. L'avion s'est arrêté en bout de piste, il était noyé dans une montagne de neige carbonique. Les pompiers sont tout de suite arrivés, on a évacué par les toboggans d'urgence. Il n'y a eu aucun blessé, juste quelques crises de nerfs.

Il marqua une pose, regarda son verre désespérément vide. Mme Vidal le remplit, comme il aimait, à ras bord. Il trempa les lèvres pour éviter d'en perdre et le vida d'un trait.

– Je ne vous dis pas la fête. La compagnie aérienne nous a invités dans le plus grand restaurant de l'aéroport. On a tous embrassé le pilote. C'était un vieux baroudeur, un ancien du Vietnam. Depuis, chaque fois qu'il vient à Paris on fait la fête, c'est devenu un copain.

– Un co-vin, tu veux dire, lança Bébert qui avait une conception très personnelle de l'étymologie.

– André, ce n'est pas à lui que, une nuit de hautes libations, vous avez vendu les chevaux de Marly?

Comme par hasard, Dhole ne se souvint pas de cet épisode qui avait pourtant défrayé la chronique et sidéré la police lorsqu'elle découvrit un matin des déménageurs en train de déboulonner les célèbres statues devant un Américain hilare et aviné.

Dans ces moments-là, Mme Vidal l'écoutait comme une petite fille qu'elle n'avait jamais été, comme une enfant sauvée des camps. Elle se moquait de savoir où commençait la fable, où finissait la vérité. L'essentiel n'était-il pas, après tout, de rêver un peu, de vivre par procuration des émotions qu'elle n'aurait jamais eues sans lui.

– J'imagine qu'après toutes ces péripéties vous n'aviez plus envie de bouger.

– C'est à cette époque, en effet, que j'ai décidé de partir vivre en Guyane. J'y ai rejoint mon autre vieux copain Floréal Faure.

– C'est lui qui vit dans une tribu d'Indiens?

– C'est ça, le veinard, vous vous rendez compte, il a trois ou quatre femmes, il se la coule douce, toute la journée sous les bananiers. On a passé du bon temps ensemble. La belle vie.

– Pourquoi tu n'y es pas resté? demanda Bébert, sceptique.

– Parce qu'il y a des moments dans la vie où il faut savoir répondre à l'appel de l'Histoire. Le Che était en difficulté en Bolivie, je suis parti le rejoindre…

C'est ainsi que l'après-midi qui avait commencé dans une douce torpeur provinciale s'acheva, après quelques chevauchées avec Pancho Villa, dans une guerilla sanglante aux côtés des Tupamaros.

Allez savoir, avec les poètes, où en est l'Histoire!

Debout, face au miroir, elle s'y considérait dans un déshabillé de satin, tout droit sorti des soldes d'un magasin de luxe.

Qui, dans son entourage, l'aurait imaginée ainsi, la petite Guyotte, qui aurait imaginé que sous ses habits stricts, ses chemisiers blancs toujours impeccablement repassés, ses jupes presque austères de secrétaire modèle, elle portait des parures aussi affriolantes: culotte noire à volants, porte-jarretelles assorti.

Elle passait ainsi de longs moments au miroir: se faire les ongles, s'épiler les sourcils, c'était sa façon à elle de tuer le temps.

Et puis, faute de mieux, il y avait la caresse de l'étoffe sur cette peau que peu d'hommes avaient approchée avec dévotion.

Ils n'étaient pas nombreux ceux qui avaient posé avec ferveur la main sur ce corps plein, glissé leurs doigts dans la broussaille de cette toison foisonnante; et ceux qui l'avaient fait avaient été si hâtifs, si empressés qu'à trente-trois ans passés, elle n'avait que rarement éprouvé les vertiges de son corps, la petite Guyotte.

Elle avait pourtant rencontré quelques hommes, depuis qu'elle était arrivée à Paris. Certains l'avaient même emmenée en week-end au bord de la mer. Mais elle était un peu lasse de ces messieurs mariés qui s'arrêtaient sur l'autoroute pour vérifier si leurs épouses étaient bien à la maison ou s'enquérir de la santé des enfants, qui parlaient du séminaire ou du Grand Prix automobile auquel ils étaient censés participer, avec l'assurance médiocre des cadres dont la double vie ne dépasse jamais les limites de leurs frais de représentation.

Oui, elle était lasse, Mlle Guyotte, de ces cadres bedonnants qui, en souvenir d'une prétendue virtuosité passée, s'affalaient devant la télévision dans les chambres d'hôtel pour regarder le Tournoi des Cinq Nations, tandis que, encore à moitié pleine de leurs assauts furtifs, elle furetait sur le port pour envoyer – il faut bien donner le change – des cartes postales remplies de tendresse de Saint-Malo ou de Honfleur à ses parents.

Et les plus jeunes, ceux de sa génération, s'ils n'étaient pas mariés, étaient envahissants, voire jaloux, ils débarquaient en pleine nuit, vidaient le réfrigérateur avant de s'épancher en elle.

Ah!... les hommes.

Un seul lui aurait plu...

Ça s'était passé un soir d'arrosage, un de ces soirs où les masques tombent et qu'on se laisse un peu aller.

Après quelques coupes d'un très bon champagne elle s'était retrouvée, pour des raisons de service, dans le bureau d'un jeune chef de bureau.

Comment s'appelait-il déjà? Guyon, oui c'est ça, Guyon.

Était-ce l'effet du champagne?

Toujours est-il qu'elle avait légèrement appuyé sa hanche contre la sienne: elle avait senti une résistance et, tandis qu'ils consultaient côte à côte quelques dossiers en suspens, leurs corps s'étaient rapprochés.

Soudain Guyon avait posé sa main sur le haut de sa hanche. Elle l'avait laissé faire.

Ils s'étaient regardés un long moment sans plus dire un mot; presque sans respirer il avait posé sa main libre sur l'autre hanche, l'avait doucement attirée contre lui. Ils s'étaient retrouvés face à face, les yeux dans les yeux. C'est lui qui avait rompu le silence, il avait dit en se collant un peu plus fort contre elle: «J'ai toujours eu envie de ça.» «Moi aussi», s'était-elle entendu répondre.

Après, tout s'était passé très vite, trop vite. Il avait fermé la porte de son bureau à clef et s'était agenouillé devant elle, la tête appuyée contre son pubis. La fermeture éclair avait zippé, la jupe avait glissé, il avait découvert ses cuisses fermes et charnues, avait collé sa bouche contre son slip.

«On est fous», avait-elle dit en dégrafant son soutien-gorge. Il l'avait attirée doucement contre lui sur la moquette. Elle avait senti sa main qui fouillait, un peu pataude, à l'intérieur de son slip. Ses jambes s'étaient ouvertes un peu trop largement, comme une fille en manque.

Elle se souvenait de ce pieu brûlant qui s'était avancé en elle, doucement, doucement, elle avait eu l'impression que tout le corps de l'homme glissait dans son ventre.

Elle s'était agrippée à ses reins, haletante, elle se souvenait des palpitations de son sexe, de ses contractions mouillées, elle…

Mais c'était une vieille histoire et depuis, Mlle Guyotte passait de plus en plus de soirées seule à pianoter sur son minitel, en quête de nouvelles illusions.

Avec cette tenue que portent les femmes expertes pour réactiver des amants las, elle n'éveillait au mieux que quelques souvenirs frustrants.

Pourtant, à bien regarder, elle n'était pas si mal la petite Guyotte. Quel homme ne se serait pas satisfait de ce fessier rebondi, de ces seins fermes et haut plantés, de cette toison que l'on devinait luxuriante sous le voile?

Bien sûr son visage la desservait un peu. Déjà toute jeune, elle s'était doutée que l'image que lui renvoyait le miroir ne devait pas être étrangère au peu d'empressement des play-boys de sous-préfecture aux bals du samedi soir.

Cette bouche minuscule qu'ourlait un duvet surabondant dont seules des heures de pince à épiler venaient à bout, ces joues trop rouges, trop rondes...

Dans son miroir elle ne se voyait pas tout à fait ainsi. Elle ne se trouvait pas belle – et elle ne l'était pas – elle n'était pas laide non plus: avec son chignon impeccablement ajusté, elle avait le charme un peu désuet des femmes d'autrefois, un corps plantureux comme les aimaient les hommes avant le diktat des crèmes amincissantes.

Elle délaissa le miroir à trois pans, trempa rêveusement un sucre dans un petit verre d'alcool et mit en marche son minitel.

C'est drôlement bon ce... cet alcool qu'il m'a donné, M. Jaillard, c'est de l'alcool de prune, ce sont ses cousins qui le distillent, en fraude sans doute; de l'alcool blanc au noir, comme il dit.

Voyons ce qu'il me raconte, mon rendez-vous, enfin mon rendez-vous, c'est pas sûr, je ne sais pas si je vais y aller... voyons, il m'a laissé un message:

J'ai été enchanté de vous entendre. J'ai hâte de vous rencontrer.

Je suis sûr que nous avons beaucoup de choses à nous dire.

À jeudi soir.

Pourquoi j'ai accepté ce rendez-vous, je ne le connais même pas ce monsieur, il m'a inspiré confiance va savoir pourquoi, c'est le ton de sa voix qui a quelque chose de rassurant, si ça se trouve il est chauve et bedonnant… non sur sa fiche descriptive il a mis svelte et brun un mètre soixante-treize, pas immense mais c'est une belle taille.

Quel gentil monsieur ce M. Jaillard, c'est lui qui m'a fait découvrir ces… comment il appelle ça déjà?

Ah oui! des petits canards.

C'est rudement bon.

Bon j'y vais ou pas à ce rendez-vous?

Comment s'appelle-t-il déjà? Ah oui! Belle allure, c'est un peu prétentieux ce pseudo qu'il s'est donné pour l'annonce, pourtant il a l'air simple au téléphone, oui, il a l'air très simple et puis il a une très jolie voix bien grave, bien timbrée, c'est sans doute pour ça que j'ai accepté, je suis sensible aux belles voix.

Non, je ne sais pas si je vais m'y rendre à ce rendez-vous, il me fait un peu peur ce type, il a l'air tellement calme, tellement sûr de lui, on dirait un cadre du ministère.

Je vais encore reprendre un petit sucre, il est gentil M. Jaillard de m'avoir donné cet alcool de prune, ça sent rudement bon, il n'y a que comme ça que je peux y goûter, c'est trop fort à boire, je ferais bien d'en prendre un verre avant d'aller à mon rendez-vous… alors j'y vais ou pas?

J'aurai un costume gris clair, j'ai quarante ans, je suis légèrement grisonnant, brun et grisonnant, ça doit pas être mal, au téléphone il m'a dit qu'il adorait les vêtements italiens.

J'aime bien le style italien, cette façon qu'ils ont de parler avec leurs mains, de sourire.

Si j'avais voulu quand je suis partie avec les collègues à Rome il y en avait un qui... mais les voyages avec la Mutuelle de l'administration on n'est pas libre, on se sent constamment épié, comme au bureau, en plus il y avait la mère Boucher dans le groupe, celle-là moins on la voit mieux on se porte.

Bon allez! encore un petit sucre, un petit canard comme dit Jaillard, et j'y vais... facile à dire j'y vais.

Tiens lui Jaillard il saurait me conseiller.

Qu'est-ce qu'il me dirait Jaillard?

Il me dirait: «Vivez votre vie ma petite Guyotte mais soyez prudente, vous savez les hommes qui sont seuls à quarante ans c'est suspect, regardez-moi à cinquante-six.» J'ai pas osé lui demander s'il avait quelqu'un, j'aurais pu.

Qu'est-ce que je vais mettre, je ne peux pas m'habiller comme pour aller au bureau. C'est trop strict.

Est-il réellement divorcé comme il l'a écrit sur sa fiche de présentation? Comment s'appelle-t-il déjà? François j'aime bien ce prénom, c'est mieux que Belle allure, j'ai eu un petit ami qui s'appelait François, oh! un simple flirt, qu'est-ce qu'il est devenu? Il est marié sans doute lui aussi, tous mes amis du païs sont mariés maintenant, il ne reste que moi.

L'autre jour j'ai vu à la télé un film sur les tueurs en série, depuis j'ai un peu peur de rencontrer des inconnus; avec le minitel, un Landru moderne en ferait du dégât.

Si je mettais mon ensemble vert pomme avec mon chemisier en soie? Non ça fait trop printanier et puis il me serre un peu trop le buste, il va falloir que je relâche un peu les coutures sur le côté, j'ai dû grossir cet hiver. Voyons, lui il aura un costume gris clair croisé, le genre très smart, il faut que je sois en harmonie, mon chemisier à jabot de dentelle et mon ensemble en velours noir.

De quoi va-t-on parler?

Je m'intéresse à tout, à l'art, à la peinture, j'adore visiter les musées, aller au théâtre, au cinéma. J'aime la vie et vous?

Moi aussi j'ai dit, j'espère que j'ai pas dit trop de bêtises, je suis toujours bloquée quand il s'agit de parler, déjà au bureau, quand je rentre dans le bureau d'un chef ça me glace, je bafouille. Sauf avec Vigier, mais lui c'est pas pareil, on se sent tout de suite à l'aise avec lui, on dirait qu'il s'ennuie à jouer au chef, qu'il a du mal à faire semblant.

Tiens lui, s'il n'était pas marié...

Et si je ne le reconnais pas mon rendez-vous? Il y aura peut-être dix types en costume gris clair dans le café! Le mieux c'est que je parte assez tôt pour aller repérer les lieux. Comment s'appelle-t-il ce café? Ah oui, le Zimmer.

Je vois où il est, j'ai dû y aller une fois ou deux avec M. Jaillard quand on boit un petit coup, histoire d'avoir le cœur de marcher jusqu'au soir comme il dit.

Un mètre soixante-treize il fait, un mètre soixante-treize c'est ce qu'il a indiqué sur sa fiche, voyons oui c'est ça un mètre soixante-treize, je peux mettre mes talons hauts, ça fait longtemps que je ne les ai pas mis.

J'aurais dû m'acheter ce tailleur que j'ai vu en solde l'autre jour sur les boulevards, mais il y a la facture de téléphone, ç'aurait été juste ce mois-ci, c'est pas donné le minitel, enfin si ça me permet de rencontrer quelqu'un de bien…

Un petit sucre encore?… Non… Bon je vais partir plus tôt, je vais arriver en avance et essayer de voir si je le reconnais mon rendez-vous, s'il ne me plaît pas je ne rentrerai pas dans le café. *J'aurai un livre à couverture bleu pâle à la main, un recueil de poésie,* c'est rare un homme qui lit de la poésie. Il est cadre dans… dans quoi déjà? Il me l'a dit, une caisse de retraite, non, un centre de formation.

Et vous?

Moi?

J'ai dit la vérité, que je vivais seule et que l'ennui me pesait un peu, j'aurais pas dû dire ça…

Tiens c'est pas mal ce grain de beauté qui dépasse juste à la lisière du soutien-gorge, on dirait qu'il a un peu grossi, il faut surveiller les grains de beauté… je me demande s'il en profite pas un peu le médecin quand il me palpe? non au toucher il ne me fait pas mal… je n'arrive pas à me palper les seins comme lui… Les hommes ne savent pas toucher les seins des femmes, en tout cas je parle pour moi, sauf une fois avec ce garçon que j'ai rencontré pendant les vacances et qui ne m'a jamais rappelée… lui il savait s'y prendre, il avait une façon de me téter, de me mordiller, c'était bon et douloureux, oui ça me faisait très bon dans le ventre, comme une vibration très profonde… il faut que je m'habille, j'arrête avec les sucres sinon je vais être saoule.

Elle embrassa son image dans le miroir, posa ses lèvres sur la vitre froide, sentit comme un frisson lui courir le long de l'échine, oui elle irait à ce rendez-vous, avec ce petit tailleur vert pomme qui mettait en valeur ses formes, ses courbes, ses cambrures. Après tout ils aiment ça les hommes.

Elle irait, le cœur battant la chamade, comme une petite bête peureuse qu'on va marquer.

Lorsqu'il entrait au Verre à Soif, il savait ce qu'il quittait, Jaillard, les allusions perfides de la mère Boucher, les chuchotis de couloirs, les parleries de la pause-café; bref son univers gris d'employé de bureau.

Ce qui l'attendait, outre les voluptés des Côtes-de-Blaye et autres petits Bordeaux en provenance directe de la propriété, était toujours matière à surprise.

Ce jour-là, en Indiana Jones des comptoirs, Dhole proposait, par correspondance interposée, une escapade amazonienne.

En franchissant le seuil du Verre à Soif, Jaillard économisa, au moins, deux billets d'avion. Le premier pour Cayenne, le second pour un village indéterminé aux confins de l'Oyapok. C'était plus qu'il n'en fallait pour dépayser un fonctionnaire dont l'horizon était bordé de notes de service et de circulaires.

D'une voix où la rocaille du tanin charriait des torrents d'aventures, Dhole faisait visiter la jungle amazonienne.

Il lisait une lettre retrouvée au fond d'une poche, celle d'un vieux copain de dérive: Floréal Faure.

Cher vieux Dhole,

Excuse la frappe un peu approximative de cette lettre, je t'écris sur une Smith-Corona à clavier QWERTY, *toute neuve.*

Je t'en expliquerai la provenance...

J'ai un peu tardé à faire écho à ta dernière lettre. Le temps avance si vite. Ici, le soleil se couche tôt et... je me lève tard.

En fait, j'ai dû réparer la toiture de mon carbet avant la saison des pluies. L'année dernière, je ne m'y étais pas pris assez tôt, j'avais l'impression certains jours, tant il y avait de fuites, d'être à Venise.

Comme je suis assez malhabile, cela m'a pris du temps et puis, entre nous, ce n'est pas la peine d'avoir quitté la civilisation pour retomber dans l'activisme!

Dans ma dernière lettre, je te parlais de Gros Bâtard, mon chien ivrogne. Je ne sais pas lequel des deux a adopté l'autre. Un soir de cuite, il avait dû laper plus de la moitié d'une bouteille de rhum – dès qu'il voit une bouteille il s'arrange pour la renverser et après il lèche le contenu par terre – un soir de cuite donc, il s'est pris d'amitié pour un jeune boa constrictor. Il est revenu avec lui de la forêt et depuis ils ne se quittent plus.

Moi qui, autrefois, avais une peur verte de tout ce qui rampe, me voilà avec un boa qui, bien que petit, mesure quand même dans les soixante centimètres!

Pour le moment la cohabitation se passe bien, mais je me demande ce qui va arriver quand il aura atteint sa taille adulte – cinq à sept mètres.

J'ignore pourquoi, mais certaines nuits, le boa cherche à se joindre à nous. Et ça, Gros Bâtard ne le supporte pas, il veut être le seul à partager la couche de son maître!

Xchil, le frère d'une de mes femmes, qui habite le village indien à côté, me dit que cela doit correspondre aux cycles de la lune. Je crois plutôt que le boa cherche un refuge lorsqu'il a peur et j'ai l'impression que cela correspond aux périodes de lancement des fusées à Kourou, le boa doit sentir les vibrations du sol. Enfin toujours est-il que les nuits sont parfois épiques.

Tu me demandes comment je vis? Je pourrais te répondre de l'air du temps. L'argent, le papier monnaie, n'ont pas tellement cours ici. La règle, c'est le troc. Si j'en ai besoin, pour acheter du pétrole pour ma lampe ou des piles pour ma radio, je me débrouille.

Pas loin d'ici vivent mes copains: trois Français comme moi en rupture de société, un Espagnol en cavale et un Irlandais toujours raide, les Robadors, c'est ainsi qu'ils se sont baptisés.

Chez eux, c'est la caverne d'Ali Baba, c'est d'ailleurs de là que vient ma Smith-Corona…

De temps à autre, je participe à une de leurs combinaisons et je suis riche pour plusieurs mois. Et puis, grâce à Gros Bâtard, j'ai une source permanente de revenus. À jeun, ça lui arrive parfois, il a une peur panique des mygales. Dès qu'il repère un nid, il hurle à la mort. Je signale le nid, le plus souvent il se trouve sous les racines des grands arbres, et mes amis du village indien viennent le capturer. Ils le vendent à un taxidermiste qui fait commerce avec les boutiques à touristes de Cayenne ou d'ailleurs. Un beau nid bien plein peut rapporter jusqu'à cent francs. Une fortune ici.

L'autre jour, chez mes amis les Robadors, je suis tombé sur un stock de valises pleines qui avaient sans doute dû appartenir à des Américains qu'ils avaient «rencontrés» dans un aéroport.

Cela m'a permis de refaire à neuf mon vestiaire qui était un peu délabré. Ce n'est pas qu'on ait besoin de beaucoup d'habits ici, mais il faut quand même le minimum.

Maintenant, je ressemble à un touriste américain: pantalon bermuda taillé dans la bannière étoilée, chemise à grosses zébrures vertes et jaunes, casquette de joueur de base-ball...

La fois d'avant, j'étais tombé sur un lot ayant appartenu à des touristes japonais. Aucun vêtement n'était à ma taille sauf un kimono... tu m'imagines en kimono dans la jungle!

J'ai offert les sous-vêtements féminins que contenaient les valises à mes amies indiennes. Elles étaient ravies, ça les a fait bien rire de se retrouver en petite culotte transparente. Une prochaine fois, je t'enverrai une photo de moi en touriste américain avec elles. J'imagine d'ici la légende: «Floréal Faure et son harem indien».

Même loin de tout, le passé ressurgit.

L'autre soir, les Robadors m'ont invité à une petite fête. Quand ils réussissent une belle affaire, c'est leur manière de marquer le coup. Là il devait s'agir de whisky, si j'en juge au nombre de caisses de Johnnie Walker qui étaient empilées dans leur repère. On a fait la fête pendant au moins trois jours, rien ne manquait, alcool, cigares, cannabis, mescal. C'est à cette occasion que j'ai fait la connaissance d'un type, un Catalan. Sous l'effet de l'alcool et de tout le reste, il m'a raconté comment il avait participé à l'attentat contre Carrero Blanco. Cela m'a remis en mémoire l'époque où nous défilions dans les rues de Paris en scandant «Et hop! plus haut que Carrero Blanco!»

Parfois, quand je pense à cela, j'ai envie de revenir à Paris, mais je sais – de temps en temps je lis des journaux que récupèrent les Robadors – que cette époque est révolue et que la vie y est de plus en plus grise et pavlovisée par le fric.

Grâce à ces vieux journaux, je prends avec beaucoup de retard des nouvelles du monde. Vu ce qui se passe, je ne suis pas pressé d'avoir des nouvelles fraîches. Tout cela vu d'ici, où la vie est si simple, me paraît complètement irréel...

Pas étonnant, cher André, que ta poésie soit de plus en plus noire.

Pour finir, une anecdote qui va te plaire. L'autre matin je me réveille en sursaut, alerté par le cliquetis de ma machine à écrire. Je bondis de mon hamac et je la vois bien à sa place. Le bruit venait de l'extérieur, je sors de mon carbet et j'entends, venant de la forêt, le cliquetis de ma Smith-Corona. J'ai longtemps cherché avant de comprendre qu'un mainate ou un oiseau de cette espèce avait enregistré le bruit et qu'il le restituait.

J'imagine la tête d'un touriste, il en vient peu par ici, ce n'est pas très accessible, entendant en pleine jungle le cliquetis d'une machine à écrire.

Maintenant, avec le mainate, je vais avoir l'impression de travailler même quand je ne fais rien. C'est merveilleux.

Bon vent.
Soleil fraternel.

– Ce n'est pas une belle vie ça, madame Vidal?

– André, vous vous voyez vivre là-bas, au milieu des reptiles et des insectes?

– Vous oubliez que j'y ai vécu. Un jour, je vous raconterai comment j'ai chassé l'anaconda et le crocodile.

Pour quelqu'un qui doit être au bord de la syncope dès qu'il aperçoit un ver de terre, je serais curieuse d'entendre ça, se dit Mme Vidal qui avait noté que l'enveloppe du copain amazonien était postée d'Alfortville.

– Madame Vidal, est-ce que vous pouvez m'avancer un petit verre, je n'ai toujours pas reçu d'argent de mon éditeur, je vous paierai dès qu'il m'aura…

– Oh! mon cher André, si vous deviez me payer tous les verres que je vous ai offerts!

– C'est vrai, madame Vidal, mais j'attire de la clientèle, il y a des gens qui viennent ici pour voir le phénomène; des petits bourgeois qui viennent vibrionner près du poète maudit, normalement je devrais avoir droit à un pourcentage sur les entrées.

– C'est ça, et quand je perds des clients à cause de vous, André, quand vous les injuriez comme l'autre soir lorsque vous vous en êtes pris à ce pauvre Anglais qui avait le malheur d'accompagner une de vos conquêtes fantasmatiques. Vous m'avez fait perdre combien de clients ce soir-là, André? Vous avez levé toute la salle contre lui en parlant des soldats français que les Anglais avaient jetés à la mer à Dunkerque.

– C'est l'exacte vérité, madame Vidal, c'est historique.

– Je connais l'Histoire, André, j'ai assez payé pour la connaître, mais quand vous tombez sur un touriste anglais qui vous abreuve jusqu'à plus soif vous n'êtes plus anglophobe.

– D'abord il parlait français, ce à quoi ne consentent pas la plupart des Anglais aujourd'hui. Nous sommes loin de l'époque où l'on parlait français à la Cour d'Angleterre. L'anglais, aujourd'hui, c'est la langue du mépris, madame Vidal! La langue de la monnaie, la langue des opportunités, pour ne pas dire des opportunistes.

C'est une langue pauvre pour pays riche. Regardez les Américains, comme ils ont perdu leur littérature, où sont les Steinbeck, les Dashiell Hammett, les Dos Passos d'aujourd'hui? Disparus. Merci la CIA. Ils n'ont presque plus de culture. Vous connaissez l'histoire de ce soldat américain qui, lors de la libération de Rome, découvre les ruines du Colisée et qui dit: «Sorry». Vous vous rendez compte, il croyait que c'étaient les bombardements de l'US Air Force qui avaient détruit le Colisée.

–André, vous me surprendrez toujours!

–Ah! madame Vidal, je sais bien que sans vous, je ne serais plus de ce monde, vous avez inventé les Bistrots du Cœur; mais sans moi, madame Vidal, vous n'auriez jamais tant voyagé, qui est-ce qui vous emmène danser le tango aux sons du bandonéon à Buenos Aires, qui est-ce qui vous a fait descendre le Zambèze en kayak?

–Pas beaucoup, surenchérit Bébert.

–Pas beaucoup quoi?

–Zambèze, Zambèze pas beaucoup.

–Et lui, madame Vidal, avec ses jeux de mots vaseux, vous le supportez bien.

–Allons, André, ne dramatisez pas, tenez voilà une petite Côtes, en attendant la relève.

La relève?

C'était le personnel des bureaux avoisinants qui, le temps d'un verre ou deux, venait se griser un peu avant de s'engouffrer dans le R.E.R. ou le métro, de regagner ces banlieues de plus en plus profondes, de se mélanger à ces touristes avec des oreilles de Mickey qui, en été, cherchaient, hagards, le chemin d'Eurodisney.

Dhole jugea opportun de faire diversion, il se tourna vers Bébert.

– Alors t'en baises pas beaucoup? C'est ça que tu dis? C'est ça ton problème?

– C'est le problème de tous les gens de ma condition, mon vieux. La misère sexuelle du travailleur immigré, tu as déjà entendu parlé?

– Tu as vu comment tu es fringué, avec ta tenue d'éboueur municipal?

– Et toi, tu as vu ta tenue de crève-la-plume international? D'abord le vert sied à mon teint mat et puis, comme ça, j'ai pas de problème avec les flics. Quand je m'habille en civil, ils me demandent toujours mes papiers.

– Ce n'est quand même pas la tenue idéale pour rencontrer une femme.

– N'empêche que j'en ai rencontré une.

– Ah oui où, dans une poubelle?

– Tu ne crois pas si bien dire, oui justement dans une poubelle, enfin à côté, elle dormait sur des sacs poubelle dans un local à ordures. C'est une, comment vous dites, SDF, sans domicile fixe.

– Alors grand cœur, tu l'as hébergée?

– Exactement. Qu'est-ce que tu aurais fait toi?

– Madame Vidal, où allons-nous, si le tiers-monde vient au secours du quart-monde: Bébert qui sort avec une poubelle-girl! Tu nous la présentes quand, ta fiancée?

– Il faut que je la présente d'abord à mes frères.

– Méfie-toi quand même.

– De quoi?

– Tu sais bien ce que je veux dire, il y a aujourd'hui des maladies qui sont en train de modifier le cours de l'humanité.

– J'ai fait une prise de sang, je n'ai rien.

– Tu n'as rien aujourd'hui, mais demain?

– Demain, s'il le faut, je refais une prise de sang.

– Si tu dois faire une prise de sang chaque fois que tu honores une dame, tu vas finir exsangue.

– Ne t'inquiète pas, je fais attention, je prends des précautions.

– Des précautions, tu parles, j'y crois pas moi aux préservatifs. Les préservatifs, c'est juste bon pour baiser à l'anglaise!

– Baiser à l'anglaise?

– Oui, à la sauvette, les Anglais ils baisent comme ils filent: à l'anglaise. Dès qu'il y a un peu d'érotisme, tu le mets où le préservatif?

– Tu sais, nous les Blacks, notre vocation c'est d'être exterminés. Mon arrière-grand-père est mort à Verdun. Mon grand-père Pétain et son frère Poincaré ont fait la guerre de 40.

– Ton grand-père s'appelait Pétain?

– Il s'appelle toujours Pétain. C'était la tradition autrefois dans nos villages, on donnait aux enfants, comme prénom, le nom des gens célèbres qu'on lisait dans les journaux, j'ai même un cousin qui s'appelait Carter.

– Comme le président?

– Non, comme les pilules pour le foie, ça, c'est à cause de la publicité.

– Dis donc il a eu chaud. T'imagines qu'il se soit appelé laxatif Fucca! Ça ouvre des portes, pouffa Dhole.

– Raciste. C'est ça, paie-toi notre tête. Tu verras un jour quand on repartira chez nous. Qui videra vos poubelles pleines de cholestérol? Qui?

– Le cholestérol, je ne connais qu'un moyen pour le combattre, c'est ça, dit Dhole, en tendant son verre vide au-dessus du comptoir, c'est médicalement reconnu!

«Oui, viens mon chéri, viens ma puce, là, là, ouiii. Viens mon petit amour, viens sur moi, mais ouii tu meurs d'envie hein, tu as envie de venir hein coquin, oh! le gros coquin, oui, ouiii, qu'est-ce qu'il est beau mon chéri, qu'est-ce qu'il veut, qu'est-ce qu'il sent? Allez viens, tu es bien là, ouii pose ta tête sur mes genoux. Non pas avec la langue. Qu'est-ce que tu sens ma puce hein hein, petit coquin allez viens. Qu'est-ce que tu veux, viens faire un petit câlin, viens. Qu'est-ce qu'il a mon chéri? Il boude, il ne veut pas venir sur sa maman?»

Assise devant la télévision, le chihuahua à portée de mamours, Mme Vigier tricote au point de crochet un petit châle pour l'été, les nuits sont fraîches en Sardaigne, en Sardaigne ou ailleurs, elle ne sait pas où elle ira, où ils iront. Il faudrait qu'elle consulte ses catalogues, qu'elle se renseigne auprès des agences, les vacances approchent. Il faudrait qu'elle en parle à Francis.

– Francis, tu es là?

Eh oui, il est là Francis Vigier, qu'elle regarde une série B à la télévision, qu'elle parle à son chihuahua préféré, il est là Francis Vigier, toujours là, comme un élément décoratif, une plante verte. Il feuillette, l'air absent, ses dernières trouvailles chez les bouquinistes. Il est là, avec une érection sournoise qui point entre ses jambes, une érection dont il a déjà fait son deuil. Inutile d'aller se coucher, il ne dormirait pas. Attendre Madame, à quoi bon? Une fois au lit elle lira, aura mal au ventre ou lui parlera, tout en lui tripotant le sexe d'un doigt distrait, d'un petit canapé qu'elle a vu sur un catalogue. Il irait bien dans le séjour, qu'est-ce que tu en penses? À la rigueur une fois tous les quinze jours, si tout va bien, elle consentira inerte et passive à s'ouvrir sous lui.

Où était passé son désir?

À quoi n'avait-il pas su répondre? Ça venait d'où cette faim qu'elle avait d'acheter, de consommer, d'être perpétuellement en manque de quelque chose dont elle n'avait pas besoin.

Où s'étaient-ils ratés?

Quand?

Dès le début sans doute, leurs rêves avaient divergé, les non-dits avaient fait le reste.

Elle avait vu en lui un jeune homme brillant, quelqu'un à qui on prédisait une brillante carrière, un avenir prometteur. Elle l'avait aimé comme une image. Elle lui avait même offert la panoplie de l'homme qui réussit, comme on en voyait sur les publicités: attaché-case en peausserie fine, nœud papillon. L'attaché-case, il ne s'en était jamais servi, il avait préféré son bon vieux cartable d'étudiant.

Quant au nœud papillon, il ne l'avait jamais porté, sauf une fois pour faire le clown, pour parodier un voisin un peu trop guindé qui l'agaçait avec ses façons de petit poseur, il avait passé la tondeuse en short, torse nu avec son nœud papillon.

Il n'avait pas joué le jeu, il avait refusé d'être cette décalcomanie de cadre supérieur.

Et elle?

Où était passée la frêle étudiante aux cheveux raides? Disparue sous un flot de bigoudis, engloutie sous des montagnes de crème de beauté.

Où était passée la jeune femme qui venait se blottir contre lui dès qu'il rentrait, qui avait appris à lui faire des petits plats? Évanouie dans le surgelé et, dernière tocade, le féminisme tendance paramilitaire.

Mariage raté, travail absurde.

Tu rêves ta vie Francis Vigier…

Tu rêves de voyage devant ta bibliothèque où tu butines quelques livres au hasard, tu t'ennuies tellement que tu t'es mis à pianoter le dimanche sur ton minitel quand Madame va faire un tour avec son chihuahua, tu as ouvert une boîte aux lettres et tu dialogues par écran interposé avec des inconnues que tu ne connaîtras sans doute jamais. Tu flânes les nuits d'insomnie, tu rêves de fuir, de t'échapper de ces bureaux gris, de ces regards vitrifiés, tu rêves de quitter cette femme bréhaigne, tu rêves de sortir de toi, mais tu restes assigné à résidence à l'intérieur de cette vie qui a toutes les apparences du bonheur.

«On ne sort de soi que par l'alcool ou la folie», t'a dit le poète barbu du Verre à Soif que tu rencontres parfois, comme un double, un double au noir, le modèle parfait de la chute, de l'échec.

Tu as réussi sans ambition, presque à contrecœur. Ta vocation, c'était d'être un raté, comme Eugène Cochet, cet ancien préfet de l'Eure qui, un jour du siècle dernier, avait tout lâché, pour finir clochard, hirsute, à la grande joie des étudiants du Quartier latin qui le décorèrent de l'Ordre de la Jarretière et de l'Éléphant vert.

Combien de fois ne te l'a-t-elle pas dit que tu finirais comme lui, simplement parce que, certains jours, tu n'as pas envie de mettre une cravate pour aller au bureau.

Mariage raté, travail absurde.

Comment réussit-on les deux?

La nuit, tu t'attardes dans les bistrots et Madame ne le sait même pas, tu te fais des compagnons d'un soir qui t'emmènent dans leur galaxie, tu voyages le temps de quelques verres avec ces chercheurs d'infini.

Tu passes à côté de ta vie.

On ne sort pas de sa vie lorsqu'elle est aussi convenue, de son milieu lorsqu'il est aussi normé, aussi cadenassé, tu vis sans risque, sans passion, tu t'ennuies avec assiduité.

Parfois te viennent des images de femmes que tu côtoies, tu revois la petite Guyotte, tu penses à elle, nue, offerte, et il te vient un doux désir que tu apaises en solitaire. À ton âge, bientôt cinquante ans…

Mariage raté, travail absurde.

– Francis, tu te souviens que samedi nous sommes invités chez les Quenal. Mme Quenal avec qui j'ai longuement discuté, elle est délicieuse, m'a dit qu'elle avait également invité le premier président.

Il avait oublié.

Tu oublies toujours les obligations de ton rang. Il oublie toujours, surtout, ce qui l'emmerde. Encore une soirée mortelle en perspective. Encore une soirée où l'on parlera des taux de change, des parités fixes, des critères de convergence…

Qu'y a-t-il de pire que de savoir à l'avance ce qu'on va vivre? Aux hors-d'œuvre ce seront les accords de Bretton Woods et l'étalon-or, suivront les taux de change flottants ou les accords de swapping et au dessert les taux de change fixes avec peut-être, si le digestif s'éternise, une incursion macroéconomique sur l'expansion financée par l'inflation (au premier verre), les dévaluations compétitives (au deuxième verre) et l'effondrement de la République de Weimar en guise d'adieu.

Avec Tournet, on aura droit aux anecdotes sur quelques contrôles d'État, on parlera encore de ce haut fonctionnaire qui, parti le même jour, à la même heure, de deux endroits différents, s'était fait rembourser deux fois ses frais de déplacement, on citera la conclusion humoristique du rapporteur qui avait sanctionné la faute:

Attendu que M. X est parti le tant à telle heure de Toulouse-Matabiau pour un colloque à Paris et que le même jour, à la même heure, il a quitté la gare d'Austerlitz pour se rendre à une réunion à Toulouse, on peut estimer que l'intéressé a dû se croiser à hauteur de Vierzon...

Bref, une soirée mortelle, où tout se passera comme prévu conformément aux normes, une soirée pour laquelle Madame prêtera, pour une fois, attention à sa mise, lui fera changer deux ou trois fois de cravate.

– Tu es là Francis?

Là, maintenant, au pied de la tour Saint-Jacques, il regarde les feuilles mortes.

Qui dira la solitude d'une feuille morte sur l'asphalte humide, un soir d'automne à Paris?

Il est là, il marche sans trop savoir où il va. Vers son passé sans doute qui se ride à chacun de ses pas. Il est là, dans la terrible solitude de l'homme comblé d'apparences. Combien de fois est-il déjà passé par là? Il marche dans ces rues où parfois, les vitrines d'autrefois ressurgissent.

Là, avant, il y avait une librairie, maintenant c'est un Quick, il revoit la libraire, petite bonne femme pleine de gouaille qui avait tout lu, qui savait si bien le conseiller. La librairie fermée, qu'est-elle devenue?

Il marche et chaque pas réveille sa mémoire. Il passe devant les terrasses des cafés, il voit les gens assis. Derrière la vitre ils regardent la rue comme s'ils étaient devant la télévision, ils le regardent sans le voir.

Une fois encore il s'échappe, il fuit ce monde normé, réducteur, ce milieu professionnel qu'il exècre. Il a quitté plus tôt le bureau, il a laissé un message sur le répondeur à la maison...

Il se dit qu'un jour il ne rentrera pas, il passera la nuit à déambuler, il ira tout droit, il marchera comme un fou à grandes enjambées, jusqu'au bord de l'épuisement.

«Oui, tu iras jusqu'au bout de la nuit, de ta nuit, tu marcheras jusqu'à cette plage face à l'océan, cette plage où court encore, dans une nuée de mouettes, un petit garçon qui te ressemble. Tu t'allongeras sur le sable, tu regarderas noircir les vagues à mesure que le soleil bascule derrière l'horizon.

Oui un jour tu finiras là, avec une bouteille de whisky et un tube de somnifères...

Tu avaleras d'un seul trait le contenu, en regardant monter la mer...

Tu ne sentiras presque rien lorsque les premières vagues viendront te lécher la nuque.

Et la mer te prendra doucement, te portera comme un ludion dans le ventre verdoyant des flots…

Oui un jour tu épouseras la mer en robe de marée…»

Nounours,

Cela devait arriver, je m'y étais préparée depuis longtemps. Depuis longtemps je savais qu'un jour, je prendrais congé, je tirerais ma révérence.

Je le fais sans tristesse, sans désespoir. Peut-être même que, lorsque viendra le moment d'appuyer sur la gâchette, un sourire ridera ma tempe. J'aurais pu choisir une mort plus douce, plus chimique, plus féminine, mais à force de trop côtoyer les hommes je ne sais tirer que des coups.

Je pourrais saisir l'occasion pour régler mes comptes avec tous les minables que j'ai connus, mais cela ne servirait à rien, leurs miroirs sont faux et leurs paroles truquées, qu'ils continuent, bouffis de suffisance à se prendre pour leurs images.

À mesure que j'ai mis à jour le complot des apparences, la vie s'est étiolée en moi, comme en une lente hémorragie.

Je pars sans regret.

Comment pourrait-on regretter ce qui n'est pas?

Ce qui me navre le plus, c'est la peine que je vais faire à ceux qui m'aiment.

Qu'ils se consolent en sachant que je les emporte avec moi.

Qu'ils sachent que sans eux, il y a déjà longtemps que je ne serais plus là. Mais ils ne perdent rien, je me sens si sale, tellement pourrie, gangrenée au-dedans.

Ne me cherche plus, Nounours, mon ombre ne croisera plus la tienne, nos corps ne s'épouseront plus. Si j'y parviens, et je crois pouvoir le faire, les silos à béton sont d'excellents cénotaphes, je pousserai l'élégance à ne pas t'infliger mon cadavre.

Disparaître sans laisser de trace, ne pas rendre mon corps à la terre qui ne m'a rien apporté.

Adieu, Nounours, je sais que je vivrai longtemps en toi.

Maurice Jaillard regardait, tétanisé, la lettre de la Petite. Sa belle écriture ronde. Une écriture d'enfant appliqué. De bonne élève. Qu'est-ce qui lui avait pris? C'est vrai qu'elle avait souvent des bouffées de noirceur. Les seuls moments où elle était vraiment gaie, c'était quand elle faisait l'amour après avoir fumé un pétard, la Petite. La Petite, toujours vêtue de noir. Toujours en deuil d'elle-même, de ses vies ratées, de ses rêves de petite fille avortés. La Petite…

Il décrocha le téléphone, composa fébrilement son numéro. Peut-être avait-elle laissé un message, un dernier message sur son répondeur.

À la cinquième sonnerie, on décrocha. Il y eut un long silence puis une voix faible, atone, presque inaudible.

C'était elle. Il reconnut sa voix, un peu lasse, éteinte.

– Ah! c'est toi, Nounours (soupir), comme ça me fait plaisir de t'entendre.

– Et moi donc. Qu'est-ce qui t'arrive?

– Excuse-moi, Nounours, mais quand je vais mal, quand j'ai envie de me foutre en l'air, j'écris des lettres d'adieu à ceux que j'aime.

– Et ça te prend souvent?

– Oui, de plus en plus et, tu sais, le jour où personne ne répondra, j'appuierai sur la gâchette.

– Je savais que tu avais un beau pétard, j'ignorais que tu avais aussi un pistolet, tu m'as fait peur tu sais?

– Moi aussi j'ai eu peur parce que si personne n'avait appelé…

– Tu veux qu'on se voie?

– Je veux bien, oui.

– Allez, viens à la maison, dans la tanière du petit père Jaillard, je vais te préparer un repas comme tu les aimes.

– Avec du champagne?

– Avec une baignoire de champagne, pour fêter ta résurrection.

– Ne plaisante pas, Nounours, je sais qu'un jour je finirai comme ça. Après des moments comme celui-là j'ai l'impression d'être envahie par une horde de zombies. J'ai du mal à réintégrer la planète, à entrer dans ce jeu de rôles, cette singerie pleine d'organigrammes.

Tu sais, Nounours… un jour je lâcherai tout. Quand on n'a plus la force de se révolter, il ne reste qu'une chose: attendre la mort mais elle vient toujours trop tard.

– Moi aussi, ma poupée, je suis fatigué de vivre, tellement fatigué de vivre, que je n'ai plus la force de mourir. Je réserve mes dernières forces pour rire. Comme disait je ne sais plus qui, rira bien qui mourra le dernier.

– Nounours, tu me fais du bien, si tu savais comme je me sens malpropre, comme je me répugne, dans ces moments-là, tous mes masques me sautent au visage, tu ne connais qu'une partie de moi, Nounours, qu'une infime partie, tu ne connais que la petite fille qui vient se blottir contre toi, qui a besoin de câlins et de tendresse, qui se laisse bercer dans l'ivresse du champagne et s'abandonne à la griserie du corps, mais il y a des tas d'autres femmes en moi qui cohabitent tumultueusement, qui cherchent toutes des hommes différents, aucun homme ne peut combler le gouffre qui m'habite, ne peut me donner ce que je cherche, il y a la salope qui a besoin de se mettre des hommes sur le ventre.

– Il faut bien que le corps exulte.

– Il y a la séductrice qui collectionne les conquêtes pour se rassurer. Séduire, c'est ma façon de me venger.

– Te venger! De quoi?

– De ne pas être reconnue. Je jongle avec mes amants comme avec des assiettes, au passage j'en ébrèche quelques-uns. Entre les anciens et les nouveaux, je joue de tous mes masques pour les garder, j'ai besoin de papas, de grands frères, de maîtres à penser, de clowns, d'élèves, à force d'avoir plusieurs visages je ne sais plus qui je suis, j'ai trop de masques, j'implose. Mais je me sens si sale en dedans, je passe mon temps à me fuir, à m'évader de moi-même dans le trompe-l'œil des autres. J'ai démoli quelques-uns des hommes qui m'aimaient, l'un d'eux a même failli se suicider. Tu vois, Nounours, elle n'est pas jolie-jolie, celle que tu appelles ta petite fille, mais au point où j'en suis, je n'ai plus rien à perdre, je te dis tout. C'est bien la première fois que je me dévoile devant un homme.

– Je t'écoute ma poupée.

Il y eut un long silence, comme si les mots avaient du mal à sortir.

– Il faut que tu saches que chez moi le mensonge est une seconde nature, toute petite déjà, je mentais sans faire d'effort, naturellement. C'est la richesse des pauvres le mensonge, et dans ma famille on est pauvre depuis plusieurs générations. J'ai eu beaucoup d'amants, je n'en ai jamais lâché un sans être sûre d'en tenir un autre. Je ne supporte pas d'être seule. J'ai besoin d'une petite cour, de copains, d'amants, de petits et de grands frères, de papas, de tontons, de disciples, d'inconditionnels, d'admirateurs. Il y a les permanents, les occasionnels, les temporaires: ils ont tous leur chance avec moi, à condition qu'ils soient tendres et affectueux, et si l'un d'eux me débusque je me précipite dans les bras d'un autre.

Parfois, je me sens putain. Quand je te vois, je mets le joli bracelet que tu m'as offert, quand je vois Alain, je porte la montre ou le foulard Hermès qu'il m'a achetés, quand je vois François, c'est la parure à volants en soie noire que je porte, quand je rencontre Bernard, je mets la bague qu'il m'a offerte. Il n'y a que pour le parfum que je suis fidèle.

– Aux hommes?

– Non au parfum, on m'offre toujours le même. Voilà, je t'ai tout dit, tu dois me prendre pour une sacrée salope.

– Une salope par rapport à quoi? Par rapport à la morale? Je n'en ai rien à faire de la morale, j'aime les êtres pour ce qu'ils sont. L'essentiel, c'est d'être vrai et de s'assumer comme on est. La morale, c'est pour les curés. Tu sais, tu ne m'apprends rien, j'avais lu tout cela en toi, je le sentais, je le savais. Et puis pourquoi les femmes n'auraient pas le droit de faire ce dont se vantent régulièrement les hommes? Moi si j'avais été beau, j'aurais eu plein de maîtresses, je suis comme la mère Boucher, je suis vertueux par défaut.

– C'est qui la mère Boucher?

– Oh, c'est rien, un gros rien, plein de haine et de fiel qui travaille avec moi.

– J'ai besoin de toi, Nounours, je me ressource auprès de toi, tu me rends forte, tu me sécurises. Quand je me blottis contre toi, c'est comme si l'air était plus léger.

– Moi aussi, tu me fais du bien.

– Est-ce que je peux encore venir te voir, après tout ce que je t'ai dit?

– Bien sûr.

– Je peux venir tout de suite?

– Viens.

– Tu me feras encore l'amour?

– On va tout faire, l'amour, la tendresse. Quand on aura fini, le Kāma Sūtra à côté de ce qu'on aura fait ressemblera à une comptine. Il n'y a que ça de vrai, le vertige du plaisir.

– Comment veux-tu que je m'habille?

– Dessous?

– Oui, dessous.

– Mets juste ta belle fourrure en soie.

– Celle que tu caresses si bien?

– Oui, celle qui devient toute moite sous mes doigts.

– Tes longs doigts de magicien. J'arrive.

Lorsqu'il lui ouvrit la porte quelques moments plus tard, elle releva immédiatement sa jupe.

Il put ainsi vérifier qu'elle avait appliqué à la lettre ses recommandations vestimentaires: sous sa jupe noire une foisonnante toison mordorée resplendissait dans le contre-jour de la pièce.

– Vos désirs sont des ordres, dit-elle en esquissant un vague salut militaire.

Ce qui, compte tenu du rang de Maurice Jaillard dans la hiérarchie administrative, n'était pas une mince satisfaction.

– Si, si, je vous assure, on les a vus ensemble, c'est Mme Dudevan du service des pensions qui me l'a dit. Si, si, je vous assure. Ils marchaient côte à côte dans un square pas loin du ministère, elle a eu l'impression qu'il la tenait par la main et quand ils l'ont aperçue, il a aussitôt pris ses distances. Sous ses apparences de petite femme modèle, je suis sûre qu'elle a la jambe légère la petite Guyotte. Vous n'avez pas remarqué les cernes qu'elle a sous les yeux certains matins? Et puis, entre nous, c'est un bon parti M. Vigier.

– Mais il est marié.

– Et alors, ma pauvre amie, ce n'est pas ce qui arrête les femmes d'aujourd'hui, enfin, je veux dire les jeunes. Un directeur, ça peut être utile pour l'avancement.

– Ah, ça c'est sûr. Quand je vois la... voyez qui je veux dire, celle qui dort tous les après-midi devant sa machine à écrire, et quand je pense qu'elle vient encore d'avoir une promotion.

– Une promotion, ne me faites pas rire.

– Eh oui! ma pauvre, c'est comme ça aujourd'hui.

– Ça me déçoit quand même un peu de lui, je croyais qu'il était sérieux, M. Vigier, c'st pas comme... voyez qui je veux dire? Celui qui a une maîtresse dans chaque service.

– Ah! celui-là, on peut dire qu'il s'en paie du bon temps. Je me demande ce qu'elles lui trouvent.

– Oh! vous savez, un homme dès qu'il a une situation, il n'a pas besoin d'être beau pour séduire.

– Je reviens à M. Vigier, il ne donne pas l'impression d'être coureur, c'est pas un homme à femmes, comme l'autre.

– Vous voulez mon avis? Il ne doit pas être très heureux dans son couple, je n'ai aperçu qu'une fois sa femme. C'est plutôt du genre guindé, hautain, le genre «regardez-moi, je passe», elle pose à la femme de directeur, voyez ce que je veux dire, elle ne se prend pas pour rien et puis, vous savez, finalement, avec les hommes, il n'y en a pas un pour racheter l'autre.

– Oh! quand même, il y en a bien quelques-uns, moi, je vois mon mari…

– Oui, moi aussi le mien, mais, croyez-moi, aujourd'hui, c'est l'exception des hommes comme ça.

– Vous voulez mon avis, on n'a que ce qu'on mérite.

– Ça c'est sûr, mais nous, ma pauvre, nous n'avons pas la mentalité d'aujourd'hui.

– C'est vrai que les femmes de maintenant sont tellement faciles, une invitation au restaurant et hop! emballé c'est pesé. Ils auraient tort de se gêner, les hommes, ce sont elles aujourd'hui qui font des avances. Quand vous voyez la… voyez qui je veux dire, celle qui est toujours impeccablement vêtue, remarquez c'est du fait soi-même, vu ce qu'elle gagne elle n'a pas les moyens d'aller chez les grands couturiers, quoique pour ce qu'elle fait elle est déjà grassement payée…

– Vous voulez dire celle qui porte des jupes si courtes que, quand on monte les escaliers derrière elle, on voit tout ce qu'on veut, vous n'allez pas me faire croire que c'est une tenue pour une femme de son âge.

– Elle n'est plus toute jeune, elle a largement dépassé la quarantaine.

– La quarantaine? Vous plaisantez! J'ai vu sa fiche signalétique quand je travaillais au service des pensions, elle a, au moins, cinquante ans, si ce n'est pas cinquante-cinq.

– Remarquez, elle ne fait pas son âge. En été, certains jours, elle ne porte pas de soutien-gorge.

– La silicone fait des miracles aujourd'hui.

– Comme dit Jaillard, elle a la peau tellement tendue que quand elle ferme un œil elle a les seins qui tombent.

– Je vous parie qu'elle doit aller plus souvent chez l'esthéticienne que vous ou moi. Tiens, justement, c'est pas Jaillard qui arrive au fond du couloir?

– Toujours à se balader, celui-là.

– Vous savez qu'il est très ami avec la petite Guyotte.

– Vous voulez dire que?

– Allez savoir, ma pauvre, allez savoir. On s'y perd.

– Attention, le voilà.

– Eh oui! comme dit mon mari, changement d'herbage réjouit le veau.

– Bonjour monsieur Jaillard, vous êtes bien beau aujourd'hui.

– Vous avez vu ce costume gris, je l'ai choisi ton sur ton avec les couloirs du ministère, si je n'avais pas le nez rouge on me prendrait pour l'homme invisible.

– On parlait des gens qui ne font pas leur âge.

– Vous parliez de moi, j'espère.

– Bien sûr, au fait quel âge avez-vous, monsieur Jaillard?

– Cinquante-six ans.

– C'est vrai? Vous faites moins. Quel est votre secret?

– La paresse. Je suis tellement paresseux que je ne fais pas mon âge. Et puis, je m'entretiens, avec tous les kilomètres que je parcours dans les foutus couloirs de ce fichu ministère, toujours des papiers à porter pour les uns ou pour les autres.

– C'est vrai que, si on veut qu'une note arrive vite, il vaut mieux s'en remettre à soi, les garçons d'étage, ils ne sont pas antillais pour rien.

– Et là, maintenant, vous venez d'où?

– D'une mission en altitude, dit-il en désignant du doigt les hauteurs du ministère où, pour une fois, il n'était pas monté pour se faire sermonner.

En fait de mission, Maurice Jaillard avait dû battre en retraite devant une porte où, au moment de frapper, il avait perçu la conversation de quelques hiérarques, en mal d'amabilités vis-à-vis d'un collègue de promotion.

Il ne s'était pas éternisé, mais il avait quand même pris le temps d'écouter quelques bribes.

«... en tout cas s'il fait des erreurs ce n'est pas par précipitation. En fait, ce n'est pas un concepteur, c'est un étalagiste. Certes, il est brillant, il a toujours été comme ça, je le connais bien, on a fait sciences-po ensemble, il fait des fiches sur tout. Quel que soit le sujet abordé, tu as droit à un cours magistral. C'est bien simple, je ne peux plus l'inviter à la maison. Même à table il suffit que tu lui demandes de te passer la salière pour qu'il te fasse un laïus sur le cours mondial des épices.

Et encore, ce n'est rien, il paraît qu'à l'occasion d'un repas officiel il a tenu vingt minutes sur les nurseries de crevettes pénéïdes en Guyane, avec un élu breton qui ne sait même plus où pêcher des voix...»

Était-ce la lassitude des parleries, le dégoût de l'hypocrisie?

Toujours est-il qu'on le vit arriver très tôt, ce matin-là, Maurice Jaillard, au Verre à Soif.

– Vous tombez bien, cher ami, n'est-ce pas vous qui vouliez savoir comment ça se passe dans l'édition?

– Oui.

– Eh bien! je vais vous en apprendre de belles.

Dhole, pas encore tout à fait remis d'une nuit wagnérienne, éructait contre les critiques littéraires qui ne font plus leur métier et qui vendent les bouquins avant de les avoir lus.

Décidément, se dit Jaillard, en commandant le vin des jours difficiles – un Chassagne-Montrachet – il y a des jours où il vaudrait mieux être sourd.

«Vous allez encore dire que je persifle, madame Vidal, mais quand même, convenez avec moi que plus rien ne va dans ce foutu pays. Mon éditeur envoie aux critiques la semaine passée le service de presse de mon dernier livre. C'est du travail, un service de presse: il faut mettre un mot personnalisé aux critiques que l'on connaît, ne pas être trop banal avec les autres. Bref. Et qu'est-ce je vois hier à l'étalage d'un bouquiniste spécialisé dans les soldes neufs? Mon livre oui, mon livre en deux exemplaires! La page de garde mal arrachée.

– La page de garde?

– Oui, c'est la page où justement on appose la dédicace.

– Et pourquoi elle était arrachée?

– Pour que l'on ne voie pas à qui le livre était adressé.

– Et alors?

– Alors ça veut dire qu'un soi-disant critique a fourgué mon bouquin à son libraire habituel pour s'acheter des cigarettes ou se payer le peep-show.

Bébert, dont les sourcils s'étaient rapprochés à la limite de la collision, sourit:

– Voilà maintenant qu'il envoie les critiques au peep-show.

– Je n'ai pas besoin de les y envoyer, ils y vont tout seuls, vous voulez que je vous dise le nom de ceux que j'y ai croisés?

– André, je ne savais pas que vous fréquentiez ces lieux-là, feignit de s'offusquer Mme Vidal.

– Madame Vidal, je n'y passe pas ma vie. Mais vous savez les femmes d'aujourd'hui sont versatiles, passé le temps de la séduction du verbe, pourquoi voulez-vous qu'une femme s'intéresse à un crève-la-plume, poète de surcroît, les femmes d'aujourd'hui ont besoin d'hommes qui les valorisent. Au moins, le peep-show permet de garder l'image de la femme, sans s'y commettre. Entre nous, quelle différence y a-t-il entre le peep-show et la devanture d'un libraire? Derrière la vitre du peep-show, celles qui se mettent à nu le font vraiment… il y a plus d'histoires vraies dans ces corps nus que sous la couverture de beaucoup de livres. Tout s'effondre, madame Vidal, tout s'effondre. Vous verrez que bientôt, vous serez obligée de mettre la clef sous la porte.

– Vous ne croyez pas si bien dire, mon pauvre André, les bars alentour s'intéressent de plus en plus à mon fond de commerce.

– Vous voulez parler des bars gays?

– Oui, notamment.

– Voilà qu'on va être obligé de se reconvertir, le Verre à Soif va s'appeler le Recto-Verso, lança Bébert hilare.

– Madame Vidal, il faut résister.

– Et que croyez-vous que je fasse, André?

– Vous savez, madame Vidal, que j'ai toujours porté beaucoup d'intérêt à ce café.

– Je sais, André, je n'oublie pas que c'est vous qui avez trouvé le nom à la mort de mon pauvre mari.

– Vous vous rappelez, hein, le Verre à Soif, c'est quand même mieux que chez Robert et Roberte, café-charbon. Non?

– Incontestablement, André, incontestablement.

– Madame Vidal, il faudrait faire un vrai café littéraire, un café où l'on parle, où l'on communique véritablement, où l'on échange, où l'on corresponde. Je sais bien que les bars gays guettent.

– Les bars gays guettent les braguettes, ricana Bébert. Tu vas encore nous parler de ton idée de...

– Absolument, il faudrait en faire un café-librairie-peep-show-bistrot. Pour deux verres de Côtes vous avez droit à une plaquette de poèmes d'André Dhole, je suis prêt à contribuer, il me reste quelques invendus...

– Moi, je m'occupe du peep-show, lança Bébert, goguenard.

Tapi dans son coin préféré, là où personne ne pouvait le voir de la rue, les effluves du vin aidant, Jaillard pensait que l'on vivait dans une bien curieuse société où tout le monde haïssait tout le monde, où les chefs se débinaient entre eux, les sans-grade passaient leur temps à s'entre-déchirer pour des futilités.

Comment un pays où le vin est si bon peut-il être aussi foncièrement mauvais?

C'est la question qu'il se posait régulièrement lorsqu'il approchait de son quatrième verre.

Que reste-t-il, en effet, pour se faire une petite idée du bonheur, dans un pays où la délation, en temps de guerre, et le dénigrement, en temps de paix, sont élevés au rang de sport national, que la griserie éphémère de quelques bons crus?

– *Ma chérie, je baise ton con brûlant comme une fournaise.*

– Ce n'est pas toi qui as écrit ça.

– Si, c'est moi, je te le jure sur le dernier œil de Le Pen.

– D'accord, je vois et... tu comptes lui envoyer ça, à ta copine?

– J'hésite, j'aimerais avoir ton avis.

– Je ne connais pas vos relations, ça me paraît un peu hardi. Lis-moi la suite.

– *Ton cul, comme un soleil noir, embrase mes nuits.*

– Ah oui, carrément. Et après?

– *Je dresse vers toi mon...*

– Écoute Bébert, là, tu fais fort. Un peu trop même. Sur un plan strictement littéraire, ce n'est pas sans intérêt, mais pour une lettre d'amour, ça ne laisse pas beaucoup de place au mystère, à la poésie. Il y a longtemps que tu lui écris à Mauricette?

– Non, c'est ma première lettre.

– Et... c'est avec ça que tu comptes séduire ta copine?

– J'aimerais surtout l'épater.

– Écoute, je ne la connais pas bien, j'ignore où vous en êtes dans l'échelle de l'érotisme, mais tu sais, les femmes... elles aiment bien qu'on leur dise ce qu'on aimerait leur faire, mais pas ce qu'on leur a fait. C'est pour ça qu'il faut toujours se remettre à l'ouvrage. Là, c'est moi que tu épates. D'où te vient cette prose torride?

– De là, sourit Bébert en brandissant un rouleau de feuilles jaunies attachées par un ruban.

– Montre un peu.

En lecteur avisé, Dhole feuilleta la liasse.

– Écoute, Bébert, je suis certain que tu n'es pas l'auteur de ces lignes.

– Tu me prends pour un imbécile.

– Non, Bébert, ce n'est pas une question d'intelligence ou de bêtise, c'est une question de culture. Et puis n'oublie pas que tu parles à un vieux lecteur.

Dhole se plongea dans une lecture plus attentive du manuscrit.

– Eh bien dis donc, dans le genre chaud, c'est plutôt caniculaire.

Il lut:

«Femme aux yeux cernés d'amour,
aux lèvres brûlées de sexes turgescents,
quand tu poses ton sexe sur ma bouche
et me branles dans le miroir…»

– J'aimerais bien connaître la dame à qui elles étaient adressées ces lettres.

– Rien de plus facile.

– À mon avis, elle ne doit pas sortir du Couvent des Oiseaux, une nuit avec elle et tu dois faire un beau voyage.

– Si tu veux la rencontrer, je sais où elle habite.

– Tu la connais?

– Disons que je sais où elle range ses poubelles.

– Où elle range ses poubelles! Ne me dis pas que…

– Si justement, c'est là que j'ai trouvé ces lettres.

– Merveilleux, des lettres d'amour trouvées au fond d'une poubelle! Sûr que j'aimerais la rencontrer.

– Tu risques d'être déçu.

– Ah oui, pourquoi?

– Parce que c'est une vieille dame, toute pleine de rides, toujours en robe de chambre, un mégot vissé à la bouche, le genre ancienne, comment tu dis? tapitéticienne?

– Péripatéticienne. C'est merveilleux des lettres d'amour trouvées dans une poubelle. Tu te rends compte, une vieille femme qui jette des lettres d'amour, c'est superbe. Oui, j'aimerais la rencontrer pour qu'elle me parle de ses amours. Quel beau sujet d'enquête.

– Dans le genre un vieillard qui meurt, c'est une bibliothèque qui brûle, comme tu dis souvent?

– Là, en l'occurrence, ça serait plutôt une chambre à coucher qui se consume. Et tu te sers de ces lettres comme modèle pour écrire à ta copine?

– Oui, je ne voulais pas lui écrire quelque chose de banal.

– Vu sous cet angle tu as réussi, mais je ne suis pas certain que la petite Mauricette soit sensible à ce genre de prose. Quand tu écris à une femme, surtout la première fois, il faut lâcher les oiseaux qui dorment dans les mots, laisser jouer les violons du cœur sans tomber dans la guimauve, faire comprendre que l'arc est tendu mais ne pas parler de la flèche, tu vois? Il voudrait mieux que tu changes de style.

– Tu ne pourrais pas m'en faire un modèle? En échange je vais t'organiser un rendez-vous avec la vieille dame.

– Marché conclu. Allez. Prends une feuille de papier, je dicte:

Ma chérie, mon amour aux lèvres de matin de cerises,

J'ai la main qui tremble et le cœur qui cogne quand tu es loin de moi.

– J'ai la main qui tremble? J'ai pas la main qui tremble. Regarde.

– Écoute, Bébert, c'est une image, c'est une façon de dire l'émotion. Allez, écris:

J'ai la main qui tremble et le cœur qui tape quand tu es loin de moi.

– Qui tape ou qui cogne, le cœur?

– Comme tu sens, allez écris.

– Va pas trop vite.

– *J'aimerais tant que mes mots t'enrobent comme une caresse.*

– Comme une caresse… sur tes fesses?

– Mais non, pourquoi être trivial?

– Ça rime, j'aime quand ça rime.

– Ce n'est pas parce que ça rime que c'est poétique.

– Bon, d'accord, alors, que mes mots t'enrobent comme une caresse. Il faut deux «r» à caresse?

– Non un seul mais deux «s» et pas de «ç».

– Tu ne veux pas me l'écrire la lettre, comme ça je n'aurai qu'à la recopier.

– Tu me prends pour ton nègre?

– Chacun son tour, mon vieux.

– Tu dois être le premier Black de Paris qui se paie un Blanc comme nègre. Ça s'arrose.

– Madame Vidal, un petit blanc pour le nègre! lança Bébert hilare.

La nuit, elle dormait souvent les deux mains serrées dans l'entrejambe, comme une petite fille que tisonnent les prémices de la sexualité.

Au rythme de ses rêves, elle ponctuait sur sa toison une dactylographie que son clavier ministériel aurait rougi d'enregistrer.

Elle se tourna sur le côté, se recroquevilla sur un vieil ours à la peluche chauve, le sommeil ne viendrait pas, elle le sentait.

Elle n'aurait jamais dû accepter ce café arrosé que lui avait proposé M. Jaillard en fin de repas.

Mais comment résister? Il était si gentil M. Jaillard.

«Allez, mon petit, un vieux marc pour finir, ça nous aidera à dissoudre les monstres de la nuit.»

Les monstres de la nuit!

Avec le petit marc qui lui battait les tempes, ils étaient là maintenant, ils s'agitaient au pied du lit.

Une nuit d'insomnie allait commencer…

Une de ces nuits où, peu à peu, tout se mélange dans la tête, jusqu'à la confusion, dans une espèce de maelström où le présent et le passé jouent à saute-mouton. Demain en arrivant au bureau, elle aurait encore de grands cernes sous les yeux et la mère Boucher distillerait quelques-unes des phrases assassines dont elle avait le secret.

Quelle belle soirée, quel homme délicieux ce M. Jaillard, quelle écoute, quelle attention à l'autre!

Vraiment, un homme sur qui on pouvait compter. Et quel humour, quelle tristesse parfois dans son regard. Comme si, dans le fond de sa pupille, la lumière du dehors se réfractait brusquement vers l'intérieur, éclairait les zones d'ombre que la mémoire garde en jachère.

Il avait suffi qu'elle lui parle de ce vieil oncle, mort d'un cancer des os, pour que, soudain, son regard dérive au loin.

Lui, si frivole, si apparemment désinvolte dans le service, il pouvait brusquement devenir grave, sérieux.

On aurait dit, tout d'un coup, qu'il portait le poids de sa vie sur son visage.

Il y a des êtres que la douleur rend beaux, il l'était presque à cet instant précis, Maurice Jaillard, ses disgrâces disparaissaient sous l'intensité de son regard.

Qu'y avait-il derrière ces yeux qui brusquement s'étaient voilés? Comment aurait-elle pu deviner que son regard s'était ouvert sur une pièce sombre, une chambre, un lit, aux draps moins pâles que le visage émacié de femme qui en émergeait, une chambre où il avait passé de longues nuits, Maurice Jaillard, à tenir la main d'une femme aux yeux habités de corbeaux, une chambre de malade, aux odeurs médicinales, où tout était feutré, doux, sauf ce regard tendu, volontaire et cette main noueuse, décharnée, cette main qu'il ne quittait qu'à l'aube lorsque, engourdie par les calmants, elle desserrait son étreinte. Tu es belle, maman, aujourd'hui. *C'est toi, mon chéri, qui me rends belle.*

Comment Mlle Guyotte aurait-elle pu deviner tout cela?

Sous l'effet du vin et du regard ému de Mlle Guyotte, il avait ouvert les vannes, Maurice Jaillard, il s'était livré sans retenue. Ne lui avait-elle pas, la première, fait des confidences, parlé de ces messieurs qu'elle avait rencontrés grâce au minitel?

– Vous prenez un dessert, M. Jaillard?

Elle avait senti qu'elle réapparaissait en face de lui, dans ce restaurant où il l'avait invitée. Comme à travers un voile, fugitivement, elle avait eu l'impression qu'il avait les yeux embués.

– Vous savez, quand je suis arrivé à Paris, j'étais jeune et fauché, maintenant je suis vieux et pauvre, alors les charmes de la capitale… J'habitais dans un hôtel borgne, ce sont mes parents qui m'avaient trouvé cette chambre, dans la journée, elle servait au passage – vous voyez ce que je veux dire?

– Vous voulez dire que… c'était un hôtel de passe?

– Exactement. Mais le soir, quand je rentrais, tout était en ordre.

Il avait fait une grimace, était redevenu soudain laid. Elle revoyait son visage, entendait sa voix comme s'il était là, à côté d'elle.

– Je me sens vieux, mademoiselle Guyotte, fatigué de vivre dans une ville vieille, j'ai l'impression d'avoir passé des siècles ici, à mener cette vie d'automate perclus de solitude, assassiné d'indifférence.

– Mais vous n'êtes pas vieux, monsieur Jaillard, peut-être un peu fatigué, il y a cent ans les hommes de votre âge étaient vieux, plus aujourd'hui, l'espérance de vie…

– Parlons-en de l'espérance de vie, la belle affaire, à quoi ça sert de vivre plus longtemps si c'est pour vivre plus mal. Tous les matins, c'est la lobotomie générale, dès que je me réveille je me mets en automatique, dès que je sors dans la rue je n'ai plus d'identité, je me dissous, je deviens l'homme des couloirs gris, l'homme des trottoirs roulants et certains soirs, quand je rentre, je cherche mon nom sur la boîte aux lettres...

Mais je ne vous ai pas invitée au restaurant pour vous raconter mes malheurs, parlez-moi de vous un peu. Ça fait longtemps que vous n'êtes pas revenue au païs?

Elle repassait le film de cette soirée au restaurant. Une belle soirée, oui vraiment, une soirée comme elle n'en avait pas passé depuis longtemps. Elle s'était sentie tellement en sécurité avec M. Jaillard qu'elle avait eu, à plusieurs reprises, envie de poser la tête sur son épaule.

Ils avaient parlé du pays, entre eux ils disaient du «païs», de la tannerie qui avait fermé, des vieux assis sous les platanes à côté de la piste de boules, des jeunes qui, un à un, avaient quitté le village...

Le sommeil ne venait pas.

Sur l'écran de ses paupières closes s'animaient des images d'enfance. Les collines qui s'abaissent en terrasses doucement jusqu'à la mer. Une petite fille frêle debout sous les pins, devant elle la mer qui s'estompe à l'horizon sous la morsure du soleil.

«Il va où le soleil, mamé, quand il se couche? Il ne dort pas dans la mer?»

Maintenant, quand elle revenait au païs, elle côtoyait l'oubli, l'amnésie, les vieux assis sur le banc sous les platanes ne la reconnaissent plus, «avec ton teint tout pâle, on t'avait pris pour une estivante».

Tous les ans, elle allait au rendez-vous de ses souvenirs, elle passait des heures dans la pinède à chercher les sentiers de son enfance, mais les résidences secondaires avaient brouillé ses repères.

Là-bas, au moins, le soir quand elle se couchait, elle n'avait pas besoin de cachets pour dormir.

Le sommeil ne viendrait pas.

Elle se releva, regarda sur le minitel pour voir si elle avait un message. Elle en avait cinq. Quatre nouveaux au pseudo transparent et Blues Man, le mystérieux, avec qui elle dialoguait depuis des mois sans qu'il ne soit jamais question de rencontre.

Les nouveaux, comme à l'habitude, faisaient des travaux d'approche, se présentaient: un informaticien à la SNCF qui se disait timide, un ingénieur sûr de lui qui l'invitait à dîner et «plutôt que de faire du romantisme sur minitel» lui laissait son téléphone, un jeune fonctionnaire – comme elle – récemment nommé à Paris qui s'ennuyait et… une femme qui cherchait une amie douce et soumise. Les banalités habituelles, le même goût pour les sorties, le cinéma, le restaurant, la musique. Blues Man lui, poursuivait sa flânerie, son errance dans la ville, lui parlait de ces rues où le temps n'a pas de prise, où il fait bon marcher le nez dans les étoiles comme un lutin rêveur. Il la faisait penser à Francis Vigier, le seul homme sympathique parmi les directeurs.

Ah! Francis Vigier!

Elle l'apercevait souvent qui flânait entre midi et deux heures dans les petites rues pas loin du ministère. À plusieurs reprises ils avaient cheminé côte à côte. Il lui avait raconté l'histoire des murs de ce quartier qu'il semblait connaître par cœur. Au fil de leurs rencontres fortuites – mais l'étaient-elles vraiment? – il lui avait montré où Gérard de Nerval s'était pendu, il lui avait parlé de cet écrivain, comment s'appelait-il déjà? Il portait un nom qui évoquait les cailloux et la Bretagne. Récif? Restif oui, Restif de la Bretonne, c'est ça, Restif de la Bretonne, dont chaque événement survenu dans sa vie amoureuse faisait l'objet d'un graffito sur les murs de la capitale.

– Vous savez ce qu'il a écrit sur le parapet du pont Marie quand sa femme l'a quitté? Il a écrit «Abiit hodie monstrum» ce qui signifie: le monstre est parti aujourd'hui.

Il lui avait dit ça avec un sourire entendu, débonnaire, qui signifiait, peut-être: j'aimerais bien pouvoir écrire la même chose. Mais peut-être qu'elle interprétait, qu'elle lui prêtait des intentions qu'il n'avait pas.

Il était plein d'anecdotes, Francis Vigier, comme celle de Bibi-la-purée, cet ivrogne soi-disant secrétaire de Verlaine qui, à la mort du poète, s'était enrichi en vendant une vingtaine de fois la canne qu'il prétendait être le modèle original de celle du maître.

Plusieurs fois pendant leur balade, leurs mains s'étaient frôlées et elle avait senti comme une douce incandescence lui descendre entre les seins…

Il y avait peu d'endroits dans la ville qui lui étaient aussi familiers que ces rues autour du ministère. Elle s'y arrêtait parfois, pour effleurer du bout des doigts le bois noirci d'une porte cochère ou caresser de vieilles pierres. Elle trouvait là l'écho de ce qui l'habitait, les sensations tactiles de l'enfance, lorsqu'elle parcourait les forêts, lorsqu'elle faisait de grandes confidences à son vieux compagnon le néflier tout torturé qui poussait devant la maison de sa grand-mère.

Maintenant elle ne sortait presque plus ou alors, c'était avec un but précis et elle y allait tout droit comme on porte une note urgente à un chef de service. Ses sorties étaient programmées longtemps à l'avance, elle épluchait *Pariscope* ou *L'Officiel des spectacles.* Elle enviait ces femmes dites libérées – émanslipées disait Jaillard – qui sortaient seules, faisaient des rencontres.

Lorsqu'elle était seule, et elle l'était presque tout le temps, elle se sentait mal à l'aise, empruntée. «Eh oui! à force de vivre à crédit on a tous l'air emprunté.» Toujours le mot pour rire, M. Jaillard, cette espèce d'humour, de gaieté un peu noire des gens qui s'efforcent de rester courtois malgré leurs désillusions.

Malgré les sourires marchands des commerçants du quartier, les signes amicaux, tarifés de la boulangère et du crémier, les jeux de mots douteux du marchand de légumes – allons-y messieurs, allons-zizi mesdames, dans le concombre – elle ne se sentait en confiance nulle part.

Je rêve d'une ville secrète, une ville qui se cacherait en dedans de l'autre. Je m'y rends parfois en compagnie de quelques complices. Avez-vous lu André Hardellet?

Toujours laconiques les messages de Blues Man. Il passait son temps à lui parler de livres, d'auteurs qu'elle ne connaissait pas ou qui n'existaient peut-être pas. Comme ce Gérald Neveu dont il lui parlait souvent et qui, selon la maison de la presse du quartier, ne figurait sur aucun catalogue. Il lui racontait ses pérégrinations dans les cimetières. *Hier j'ai visité le cimetière du* XIVe *arrondissement, devinez à côté de qui est enterré Coluche? Je vous le donne en mille. À côté de Bergson. Qu'est-ce qu'il doit s'emmerder!*

Elle l'imaginait laid, ce Blues Man, mais plein d'esprit avec un grand besoin de tendresse. C'était peut-être Elephant Man, pour ne pas esquisser la moindre tentative d'approche, pour rester masqué derrière son minitel, il devait bien y avoir quelque chose. Ou alors, peut-être était-il handicapé? C'était quelqu'un de bien, en tout cas, pas un de ces hommes pressés qui exigeaient son téléphone au bout de deux messages ou de ces plaisantins qui, d'entrée de jeu, lui demandaient si elle aimait les hommes bien membrés et qui, tout de suite, affichaient des centimètres ahurissants, ou lui proposaient 2500 F pour un câlin.

Ah, les messieurs du minitel, quelle déconvenue!

Combien en tout en avait-elle rencontrés depuis qu'elle y pianotait?

Cinq?

Six?

Il y avait eu d'abord ce monsieur qui voyageait beaucoup, ce cadre, pas si supérieur que ça, à la voix timbrée, qui parlait bien, surtout de lui, et qui ne cherchait rien d'autre qu'une maîtresse soumise et disponible pour faire ses quatre voluptés.

Puis cet homme au front luisant, gras, aux cheveux courts, aux gestes saccadés d'ancien militaire qui sentait la lavande à vingt pas, la lavande ou l'un de ces parfums forts que mettent les gens qui ont des problèmes de transpiration, ce monsieur aux mains d'étrangleur, aux gros bouts de doigts carrés, des mains qu'elle n'aurait pas supportées sur son corps.

Il y avait eu aussi ce monsieur grisonnant au visage austère et flasque, au regard éteint, presque triste, qui l'avait attendrie en lui parlant de sa misère conjugale et lui avait montré une feuille griffonnée de mots d'insultes, «la prose de ma femme» avait-il dit le regard battu. Ce monsieur qui faisait dans la charcuterie industrielle, qui arborait sur le tableau de bord de sa voiture un papier à l'en-tête de l'Amicale des orphelins de la police et qui lui avait offert dès leur seconde rencontre un magnifique vase en baccarat.

Et qui encore?

Ah oui! elle allait l'oublier, cet informaticien au regard bleu implacable presque fixe, au visage en lame de couteau, qui lui parlait pendant des heures de son ordinateur ou lui téléphonait à n'importe quelle heure de la nuit, ce type bizarre qui restait de grands moments assis sur sa moto, le visage caché par son casque intégral sur le parking devant chez elle et qui lui laissait dans sa boîte des lettres amphigouriques où il ne parlait que de son corps et qui lui faisait peur.

– Vous allez dire que je suis de la vieille école mais ça me surprend que l'on puisse se rencontrer grâce au minitel. Comment ça se passe?

Elle avait expliqué à M. Jaillard que beaucoup de gens avaient recours à ce moyen, qu'elle avait même une amie qui avait rencontré son roi de cœur comme ça.

– Pour une réussite, combien d'échecs? Avec ce type d'outil, on croit que l'on sort de sa bulle, on croit découvrir d'autres mondes mais c'est une illusion, tout le monde est comme tout le monde, tous les gens se ressemblent. Moi, à mon âge, qui voulez-vous que je rencontre?

Il lui avait paru bien désabusé, M. Jaillard, mais comment lui donner tort? Les messieurs du minitel, à quelque chose près, se ressemblaient tous, ils n'étaient pas tellement différents les uns des autres, sauf physiquement. Et, professionnellement – elle était passée des salaisons en gros à l'ingénieur en informatique avec quelques détours par le juridique et les affaires – ils tenaient tous le même discours, ils avaient tous le même contentement de soi. Et encore, elle n'avait pas osé lui avouer cet homme à la distinction certaine, au port de tête élégant, qu'elle avait suivi dans sa garçonnière, du côté de Passy, mise en confiance par sa classe; cet homme d'une courtoisie rare jusqu'au moment où il avait disparu du salon pour réapparaître quelques instants plus tard à quatre pattes, rugissant et intégralement nu excepté la peau de bête qu'il portait sur les épaules.

– Allez mon petit, je lève mon verre à vos prochaines rencontres. Mais moi, regardez-moi, qui voudrait d'un vieux con qui radote?

Il lui avait fait son numéro de vieux séducteur revenu de tout. Le numéro classique de l'homme qui a dépassé la cinquantaine et à qui seule une femme plus jeune peut redonner le goût de vivre.

Où était-il maintenant, M. Jaillard? Maintenant qu'elle était partie pour une nuit blanche, que faisait-il pendant qu'elle ressassait pêle-mêle tous les moments nuls de sa petite vie?

Il l'avait raccompagnée jusqu'à une station de taxi.

– Allez mon petit, dormez bien, n'oubliez pas que demain, l'État nous attend.

– Vous aussi, monsieur Jaillard, dormez bien.

Il avait haussé les épaules, d'un air de dire «bientôt j'aurai toute l'éternité pour dormir» et il était parti, silhouette hésitante, dans les halos de la ville.

– Je vais faire un peu de tourisme, de comptoir en comptoir. Un jour ou plutôt une nuit, il faudra que je vous emmène dans ces lieux de haute solitude que sont les bistrots de nuit.

Il avait, sans doute, erré de bar en bar jusqu'à l'heure où les premiers bus et les premiers métros font se croiser les fantômes de la nuit et les épaves du matin...

Il avait déambulé dans les rainures de la ville où, peu à peu, les bruits de la rue ressemblent au silence.

Il avait marché jusqu'à ce qu'un frisson, un tressaillement de fatigue, lui parcoure tout le corps et qu'il se sente vraiment très vieux et très seul.

– Tu ne crois pas qu'on fait un peu clodo, là, assis sur ce banc avec notre litron?

– Notre litron! Tu m'insultes. Je t'offre une mousse marquée façon méthode champenoise pour fêter mes fiançailles avec Mauricette, et tu appelles ça un litron.

– Excuse-moi, je n'ai pas l'habitude de boire dans les squares. Tu vois, ma dernière dignité, c'est de pouvoir encore m'accouder contre un bon vieux comptoir en bois et de tutoyer les étoiles avec des compagnons d'un soir. Mais j'en conviens, le moment est exceptionnel, sourit Dhole en pointant du menton la petite femme frêle un peu voûtée qui les accompagnait.

– Tu as déjà vu des clodos habillés comme ça? fit Bébert en lissant du doigt les revers d'un somptueux costume rose bonbon. C'est le même que celui de Fats Domino à Juan-les-Pins en 1957.

– Tu es d'un chic, avec un tel goût, même le mauvais goût va avoir bonne presse. Bon, si on faisait les présentations? Moi, c'est André Dhole, chercheur d'infini et poète. Et vous?

Un regard d'enfant battu croisa le sien. Une petite voix fluette, hésitante, apeurée, lui fit écho.

– Moi, moi, on m'appelle la Bossue à cause de ma scoliose, mon vrai nom, c'est Mauricette, Mauricette Albert.

– Et qu'est-ce que vous faites dans la vie, Mauricette?

– J'ai un peu tout fait, surtout des ménages, j'ai été serveuse dans un café, j'ai aussi travaillé dans une usine de rétroviseurs, maintenant je suis au RMI. Chômeuse et SDF.

– Vous savez à qui vous me faites penser, Mauricette?

Il regardait avec émotion cette silhouette fragile, affligée de cette espèce de torticolis qu'ont les gens humbles, ce port de tête légèrement voûté qui témoigne chez certains êtres d'une vie passée à subir.

– Je trouve que vous avez quelque chose de la môme Piaf, le regard, oui, le regard, et puis ce front, ce grand front de Bonaparte. Il en a de la chance Bébert, ce n'est pas à moi que ça arriverait une si belle rencontre. Bon, je lève mon gobelet en plastique à vous deux, mes enfants, à l'amour, à ceux qui savent encore aimer. Vous êtes ici chez vous, Mauricette, voyez ce square, c'est ma résidence secondaire, c'est mon Palais d'Été, c'est là qu'un jour, peut-être, j'aurai ma statue. J'y viens dès les beaux jours. Il y a toujours plein d'enfants dans ce square, j'adore les enfants, ce sont de futurs monstres mais tant pis, ils jouent à la marelle dans mon cœur.

– Vous êtes marié? balbutia Mauricette.

– Je le fus, plusieurs fois. Ma première femme était italienne, italienne et possessive, dès que j'avais cinq minutes de retard c'était la grande scène parce que la pasta n'était plus al dente. Les Italiens, ce sont des névrosés de la nouille, des stakhanovistes du spaghetti. Les spaghettis! J'ai dû en ingérer trois fois le tour de la terre, à toutes les sauces, ne me parlez plus des spaghettis, quand j'en vois un, je suis proche de la crise d'épilepsie, j'ai pris le large au bout d'un an avec une Bretonne, elle me parlait de grandes marées, de pêches fastueuses, de thons géants, de homards, et me faisait bouffer du poisson pané surgelé à chaque repas.

J'ai aimé l'amour plus que les femmes.

– Dis, André, tu as vu l'heure? l'interrompit Bébert.

– Au point où j'en suis avec le temps, pourquoi veux-tu que je regarde l'heure? Certes, ça peut me permettre d'admirer l'usine à gaz qui te sert de montre…

– L'usine à gaz! C'est du plaqué or 18 carats, précisa Bébert.

– C'est peut-être du 18 carats, mais je me suis toujours demandé comment tu faisais pour lire l'heure sur ce machin!

– C'est pas difficile, regarde, là, en tournant la molette sur le côté, tu as l'heure dans les différents fuseaux horaires. Si tu veux savoir l'heure qu'il est à Tokyo, tu tournes dans ce sens, si tu veux savoir l'heure qu'il est à San Francisco, tu tournes dans l'autre sens.

– Et cette aiguille-là, à quoi elle sert?

– Celle-là?

– Oui, celle-là.

– Attends, je ne m'en sers pas souvent, je ne la mets pas tous les jours… Celle-là, je crois qu'elle indique la pression atmosphérique.

– C'est sûr que ce n'est pas indispensable pour courir derrière les bennes à ordures. Et si tu veux avoir l'heure, tout simplement?

– Celle d'ici?

– Tant qu'à faire.

– C'est pas compliqué, tu appuies là. Ça s'affiche, il est présentement 16 heures 41 minutes 4 secondes et 8 dixièmes. Autrement dit, tu as une heure avant ton rendez-vous.

– Mon rendez-vous?

– Ne me dis pas que tu as oublié ton rendez-vous avec la vieille dame aux lettres d'amour! Elle m'a dit qu'elle serait ponctuelle.

– Moi aussi, moi aussi…

– Tu as pensé au signe de reconnaissance?

– Ça, je m'en serais bien dispensé.

– Elle y tient.

– Si elle y tient, je vais de ce pas le chercher.

Comme il allait partir, il aperçut Divan la Terrible, la psy des comptoirs, qui s'avançait vers eux.

– Bébert, regarde qui vient!

– Mais c'est Divan la Terrible! On l'invite?

– Je vois mal comment on pourrait faire autrement. Eh Divan! Ne passe pas sans nous voir!

– Comment pourrait-on ne pas vous voir, mes chéris?

– Viens prendre un verre, on fête les fiançailles de Bébert.

– Les fiançailles de Bébert? Ici, en plein square? Comme c'est bucolique! Qu'est-ce que vous m'offrez?

– Du champagne de Die, sourit Bébert.

Elle regarda le liquide au fond du gobelet en plastique que lui tendait Bébert.

– J'aime la robe de ce vin, sa couleur me rappelle quelque chose d'intime.

– Ce vin n'a pas plus de robe que tu ne portes de culotte, s'agaça Dhole qui ne tolérait pas que l'on badine avec les produits du terroir.

– C'est bien ce que je dis, il a la même couleur blonde que mon absence de culotte.

– Parce qu'en plus d'être une fausse psy tu es aussi une fausse brune!

– Comme si tu ne le savais pas André. Aurais-tu oublié nos ébats frénétiques, nos nuits de grandes chevauchées?

– Qu'est-ce que tu veux? La chair est amnésique et les mots qui la couchent s'ensablent dans la répétition.

– Voilà qu'on se cite. Si je ne m'abuse, c'est un extrait de *L'Être et le Néon,* ton dernier livre.

– Je vois que tu as de bonnes lectures.

– Tu sais très bien que je suis une de tes plus fidèles lectrices.

– C'est sans doute le seul domaine où tu sois fidèle: la lecture!

– Bon, allez, éluda Divan la Terrible, je lève mon verre à votre bonheur, mes enfants.

– Merci, fit Bébert, et à charge de revanche.

– C'est ça, dit Dhole en s'éloignant, à verge de rechange…

C'est un dimanche
après-midi
qu'est né l'ennui
oh ouii

Le dimanche après-midi
Madame est de sortie
oh wouii

Madam' est de sortie
oh woui

Avec son chi
oui-oui

Avec son chi
hua-hua

Voilà que… tu joues au nèg' avec tes petites noirceurs.

Tu es là
tu déprimes
sur ton ruine-babines

Francis Vigier
tu fais le con
oh non

Le dimanche après-midi, pendant quelques heures, la maison était à lui…

Madam'
est so'tie
comme tous les dimanches après-midi
oh ouii

Il flânait de la cave au grenier.

Tiens ce petit Pomerol
si j' me l'ouvrais
un grand cru classé
pour moi tout seul
histoire de me griser

Tu flânes
tu dérives
tu es là
comme un vieux blanc tout noir

Aya-ya-yaille
les coups de grisaille
ouill' you-ouille
les coups de grisou

Toi
le technocrate

tu te dérates
sur ton minitel

Tu t'époumones
sur ton vieil harmonica

Une silhouette gratte au carreau.

Quelqu'un passe, des ombres rôdent dans le crachin de la mémoire.

Il ne sait rien de la vie nègre, il chante son blues.

Le blues du technocrate qui s'ennuie le dimanche…

Comme une pensée triste.

Un air de blues dans la tête, écouté cent fois sur un vieux vinyle, un machin introuvable des années trente, de l'époque du blues du Delta. Sur la pochette un vieux noir tout crépi de blanc, au nom presque illisible: «Sonny Boy amson».

On peut penser à Sonny Boy Williamson.

La voix se coule, glisse gémissante dans le son de l'harmonica. Peut-être que la pochette n'appartient pas au disque. Allez savoir. C'est un disque de collectionneur qui vient directement de la Nouvelle-Orléans. Contemporain, paraît-il, de l'époque des champs de coton, des field hollers, payé à prix d'or.

Madam' est de sortie
comme tous les dimanches
après-midi
avec sa mini
oui-oui
et son chi
hua-hua

Entre deux plaintes, il déguste, à petites gorgées, un grand cru classé.

Un vieil air de blues, sur un vieil harmonica. Un joujou qu'il a déniché au grenier dans une caisse où il conserve soigneusement les souvenirs de son enfance: bandes dessinées des Pieds Nickelés, tenue de cow-boy voisinent avec un vieux train électrique et des voitures de course Dinky Toys.

Un joujou qui remonte à l'adolescence, à l'époque où il voulait être globe-trotter.

«Ah! je te vois bien globe-trotter avec ton goût du confort, tes manies de vieux garçon.»

Il entend encore les ricanements pointus de Madam'.

Quel ennui les dimanches
dans la vie
oh wouii
reusement que Madam'
est sortie
oh woui

Un vieux ruine-babines pour psalmodier le blues matrimonial, le blues des fins de semaine, le blues du cadre supérieur qui s'ennuie le dimanche, le blues de l'homme seul, en dépit des apparences.

«Si tu savais bricoler, tu ne t'ennuierais pas, tu ne fais rien à la maison, tu ne sais rien faire de tes dix doigts à part écrire.»

Comment pourrait-elle comprendre qu'il aime s'ennuyer, qu'il s'ennuie même avec passion, qu'il préfère cet ennui aux occupations habituelles de son entourage...

Tu ne sais rien faire de tes dix doigts
et pourtant
tu passes la tondeuse à gazon
avec ton nœud papillon

Il passe de longs moments devant sa bibliothèque, prend un livre, le repose, en prend un autre, examine la couverture: elle représente un lavis où apparaît, presque en filigrane, un visage de femme.

Le titre se détache en brun foncé: *Calligraphies du silence.*

Il l'ouvre, le feuillette, butine quelques mots en faisant tourner les pages sur la chair du pouce, se laisse prendre par une phrase, lit:

Les gens qui passent ont des gestes d'ombre
Le silence tombe des lèvres anonymes
Au fond de la nuit cloutée d'étoiles mortes
Il y a ton regard tigré d'absences

La poésie, le blues des mots malades de vie, cette compagne des moments de solitude.

Un vieil air de jazz lui trotte dans la tête. Un vieil air qui ressasse les fêlures, les blessures du temps.

Il y a dans le tempo une langueur, une lenteur triste qui hésite et avance.

Encore une petite gorgée de grand cru classé.

Il compose son pseudo – Blues Man – sur le clavier du minitel. Quelle belle façon de s'ennuyer, le minitel.

Il poursuit par épisodes un dialogue avec des correspondantes invisibles, répond à des dames qui annoncent:

Femme rangée cherche monsieur qui la dérange.

Ou:

Belle femme 42 a cherche monsieur viril et sensuel pour parenthèse ardente.

Il fredonne un vieux blues, dit sa musique du dimanche, propose à l'une une balade, le nez dans les étoiles, invite une autre à une promenade dans le Marais.

Il dialogue sans jamais donner suite aux opportunités de rencontre qui se présentent...

Tu rêves ta vie
et tu t'ennuies
tu n'as
même pas
une petite
amie

En semaine, après le bureau, il flâne dans les bistrots, selon ses humeurs, il s'arrête de plus en plus souvent dans ce café-brasserie près des fontaines du Châtelet...

Parfois, elle est là. Il ne vient pas expressément pour elle, mais ça lui fait plaisir quand il l'aperçoit. Elle est là, presque toujours à la même place, avec sa tignasse bouclée, rousse, son petit nez plongé dans un livre.

De temps à autre, elle lève ses yeux sur la salle, laisse glisser son regard sur le sien, sans trop s'appesantir, juste le temps de lui montrer qu'elle l'a remarqué.

Dans sa tête il l'appelle la petite prof.

Comme ça, sans trop savoir pourquoi, elle n'a pourtant rien d'un prof, en tout cas, elle ne ressemble pas à ceux qu'il a connus, sûrs d'eux, austères. Excepté ce prof de lettres qui ressemblait à Humphrey Bogart et qui lui a donné le goût des mots, des livres. Non, elle ressemblerait plutôt à une passionaria irlandaise, avec son petit minois frondeur, son regard rapide, intelligent, ses gestes vifs. Quelque chose de mutin, de volontaire, émane d'elle.

Leurs regards se sont croisés, oh pas longtemps, juste le temps qu'il se dise qu'il aimerait bien qu'elle s'allonge près de lui, qu'il aimerait bien sentir ses fesses qu'il imagine dures et menues se blottir contre son sexe.

Tous les soirs
tu couches
oh woue̊
à l'hôtel
du cul tourné
avec le chihuahua
comme garde-frontière

Il lui parlerait bien, oui, mais de quoi? Ils ne sont jamais assis côte à côte.

Et puis quoi lui dire?

Comment aborder une femme sans passer pour un dragueur?

Il ne sait pas comment faire.

Qu'est-ce que tu lui dirais?

Peut-être qu'elle joue au théâtre, en face?

Il la voit bien sur une scène, vêtue d'un long déshabillé noir, assise sur un haut tabouret croisant ses jambes fuselées, avec un haut-de-forme et quelque chose d'un peu racoleur et distant dans le regard, genre Marlène Dietrich.

Il lui parlerait de Shakespeare ou de Ionesco, sa culture théâtrale est plutôt réduite. Il prendrait une allure désinvolte pour énoncer quelques banalités d'approche. Il lui parlerait du plafond de ce café qui le fait penser, sans trop savoir pourquoi, à Vienne.

Ne rêve pas, tu n'as jamais mis les pieds à Vienne.

De toute façon la dernière fois que tu l'as vue, elle était avec un type qui avait une gueule d'Américain de la côte Ouest, avec une barbe bien taillée, bien nette, une gueule d'Américain cultivé. Fatalement, avec son minois irlandais elle doit attirer les anglophones.

Quand tu t'ennuies tu picoles
tu t'ouvres un petit Pomerol
un peu d'ivresse
pour pallier le manque
de fesses

Une silhouette de brume, un visage d'ombre tape au carreau, une espèce de vapeur maussade nimbe les objets de la pièce. Quelqu'un avance dans le crachin de la mémoire.

Il est seul, Francis Vigier, il marche devant sa bibliothèque, les yeux pleins d'une tristesse sereine.

L'alcool
te rend cool

Là, devant cette bibliothèque, il a parfois des phantasmes…

Le vin aidant, il rêve de faire l'amour avec une femme. Là, devant sa bibliothèque, prendre une femme, lui montrer ses livres, la serrer doucement contre lui, lui caresser la pointe des seins en lui chuchotant contre le lobe de l'oreille quelques bribes d'un poème...

Il accouple à l'infini livres et amantes virtuelles. Mais, quoi qu'il fasse, ses phantasmes n'arriveront jamais à épuiser l'ensemble des volumes qui meublent sa bibliothèque personnelle, où se mélangent les livres rares acquis lors de ses balades sur les quais ou dans quelques librairies spécialisées.

La petite rousse du café, avec son corps menu, tu la vois bien, elle aussi, nue, devant la bibliothèque, de dos, les mains posées sur les étagères du bas, ses petites fesses de garçon un peu cambrées, là oui, doucement appuyée contre le bois, tu te collerais contre elle, doucement, tendrement, tu passerais la main devant, tu frôlerais sa toison du bout des doigts, tu laisserais courir ton index le long des lèvres que tu imagines fines et ourlées, de bas en haut, doucement, tendrement; jusqu'à sentir un petit renflement dur, pointu se dresser sous la pulpe des doigts.

Devant quel livre tu pourrais la prendre?

Tiens les *Rouilles encagées* du grand Benjamin Péret.

Où est-il passé?

Il n'est plus où tu l'avais posé. Encore ta femme qui l'a caché.

Depuis que tu lui as expliqué le jeu de mots qu'il y avait dans l'inversion des lettres, elle le considère comme obscène. Elle a dû le planquer.

Bientôt elle va t'interdire de lire *Le Canard enchaîné* à cause de l'album de la Comtesse.

Prendre une rousse devant les *Rouilles encagées,* ça le ferait rire, le père Benjamin.

Francis Vigier t'es un con
tu ne fais rien de tes érections
t'as les rouilles encagées
où j'ai mis mon Benjamin Péret

Il n'aurait pas besoin des livres pour la prendre, la petite rousse du café, elle se laisserait faire, lascive, abandonnée. Il glisserait doucement son sexe contre ses fesses, sans cesser de caresser la petite pointe rose et dure, elle se cambrerait lentement en avant pour qu'il la pénètre, il la laisserait languir un peu, accentuant la pression de son sexe contre le sien, tandis que ses doigts s'activeraient plus haut.

C'est décidé, la prochaine fois que tu la vois, tu lui parles.

Un vieil air de blues lui flotte dans la tête, le Pomerol donne le tempo. Un vieil air qui ressasse les fêlures, les cicatrices de la vie, les blessures du temps.

Sonny Boy Williamson, Willy Dixon, Muddy Watters, John Lee Hooker, B. B. King, Buddy Guy?

Il ne sait plus.

Il flâne le long de sa bibliothèque, prend un livre, le repose, en prend un autre, l'ouvre, le referme, les mots ne communiquent rien. Il se sent vacant, désœuvré.

En dehors des livres rien ne te raconte une histoire qui ressemble à la tienne qui d'ailleurs ne ressemble à rien, mais que sais-tu de la vie? Sinon le roman que tu t'en fais?

Il aime cette musique qui ouvre à l'infini des parenthèses dans la tristesse des jours, cette musique pleine de vrilles, et ce vin comme une langue en velours qui lui fouille le corps de volutes, de torsades, qui l'emporte comme une lame de fond.

Ô les dimanches de la vie
ô les dimanches de l'ennui
et les lundis et les mardis
les jours défilent au pas de l'ennui

Une silhouette d'ombre gratte au carreau.

Un vieux Black rôde dans le crachin des jours sans fin.

C'est un dimanche après-midi.

Un de ces dimanches d'automne où un rien suffit pour aller au rendez-vous de la mélancolie.

Oh oui!

Sous les paupières le monde est beau.

La réalité s'amollit, se distend. Les visages de tous les jours s'en vont au large.

La mère Boucher n'existe plus, les bajoues du sous-directeur qui, chaque fois qu'il l'aperçoit, le font penser à un arrière-train de jument, s'effacent.

Les imprimés, les dossiers soigneusement disposés sur la surface du bureau, les documents, les cachets, les tampons qu'il manipule à longueur de journée tombent en poussière.

Seul surnage, par intermittence, le cul de la Petite, quel superbe pétard.

Sa voix résonne dans le lointain.

«J'aime quand tu me prends comme ça, je te sens plus fort, Nounours, tu es le Roux-et-Combaluzier de la levrette.»

Ah la Petite!

Il se sent fluide, volatile.

Il flotte comme un ludion à l'intérieur de son corps.

Il s'enfonce dans un océan de moiteur.

Ils ont joui presque ensemble. Elle, juste avant lui, il l'entend encore: «Oui, jouis, oui, viens.»

La Petite!

Quelle reine, comme elle sait bien lui faire l'amour, comme elle sait réanimer ses vieilles tripes…

Il a encore l'odeur poivrée de son sexe sur les doigts.

Son corps est si léger, presque déliquescent.

Il flotte dans le placenta des draps.

Là, loin des jeux de rôles, des apparences du quotidien, il n'a plus rien à prouver.

Comme la vie est douce sous les draps.

S'il en avait le courage, il se traînerait à quatre pattes jusqu'au téléphone, il enregistrerait un message:

«Bonjour, à partir de maintenant je suis absent, absent de partout, vous pouvez envoyer vos sbires, vos huissiers, vos flics, je ne bouge plus. Il est inutile de m'appeler, je ne répondrai plus.

Fini le salariat, le ronron quotidien, je prends congé de tout.»

La vie est si douce sous les draps.

Il s'enfonce à l'intérieur de lui-même, flotte, somnole dans une douceur tiède.

Comme envahi par un vide gigantesque. Le corps complètement relâché, abandonné, jambes écartées, il nage à l'intérieur de lui-même, investi par une espèce de vacuité, quelque chose comme une immense griserie du vide.

Il est si bien.

Si ce n'était cette petite douleur qui enfle doucement dans le dos, derrière l'omoplate…

Ils ont joui presque ensemble et il est resté là, immobile, la tête vissée à l'oreiller.

Tétanisé.

Comme dans des brumes lointaines, il l'a entendue se lever, se laver, se déplacer dans la pièce.

Elle a posé ses lèvres sur son front:

«Je m'en vais, Nounours, tu ne travailles pas aujourd'hui?»

Il a marmonné une phrase qu'elle n'a pas comprise, quelque chose comme:

«Aujourd'hui, je fais grève.»

Oui, il fait grève.

Pour toujours.

Il flotte comme un ludion à l'intérieur de lui-même.

Son bien-être serait total…

Si ce n'était cette douleur qui d'un seul coup cogne sur le côté gauche, cette tenaille énorme qui brusquement le prend tout entier du thorax à la nuque, l'enserre dans un étau aux mâchoires de glace.

Le cœur serré par des milliers d'aiguilles, les yeux fixés sur le plafond, la bouche, grande ouverte, appelle l'air qui s'est brutalement raréfié. Le regard figé soudain par un fulgurant éclair blanc qui abolit tout.

– Vous vous imaginez, madame Vidal, si j'avais l'air malin avec mon bouquet de fleurs à la main!

– Où était le rendez-vous, André?

– À côté, madame Vidal, dans le square, vous comprenez ma gêne, j'y suis honorablement connu dans ce square, il m'arrive même d'y garder des enfants, quand je n'y fais pas le répétiteur pour quelques cancres en mal de bac.

– Vous dites pourtant assez de mal des gens qui le fréquentent.

– Pas des enfants!

– C'est vrai, pas des enfants. Mais les autres…

– Les autres, c'est quoi? Quelques bonniches de contrebande que les riches du quartier font venir du tiers-monde pour oublier le quart qui crève sous leurs fenêtres, quelques bourgeoises adultères et maxfactorisées dont je garde, c'est vrai, parfois les enfants, le temps de petits coïts furtifs et lapinistes avec des Môssieu de leur caste ou des maçons portugais, quelques post-adolescentes en deuil d'une virginité lointaine qui viennent parfois me montrer leurs alexandrins.

– Vous oubliez les gays.

– Les gays? Mais je n'ai rien contre.

– Tiens, c'est nouveau ça.

– C'est peut-être nouveau, mais je suis d'autant plus pour, que plus il y en a, moins il y a de concurrence…

Enfin j'étais là, avec mes fleurs.

– Vous aviez apporté des fleurs, André? Je ne vous crois pas.

– Absolument, c'est même la première fois de ma vie que je me trimballe en ville avec des fleurs à la main.

– Qu'est-ce que c'était comme fleurs, André?

– Des violettes, un bouquet de violettes.

– C'est très romantique les violettes, André. Jamais un homme ne m'a offert de violettes.

– Et vous l'auriez vu, madame Vidal, renchérit Bébert, pour la circonstance il était allé chez le coiffeur. Il avait mis une cravate et une chemise propre. On aurait dit un jeune dernier.

– Tu aurais quand même pu trouver autre chose que des fleurs, comme signe de reconnaissance.

– Je m'étais proposé mais elle n'a rien voulu savoir.

– C'est vrai que tu fais un joli signe de reconnaissance avec ta tenue de safari municipal, le noir et le vert te vont si bien.

– Elle n'a pas voulu, elle m'a dit, catégorique: «À mon âge, jeune homme, on n'a pas besoin de chaperon, les rendez-vous, j'en ai eu des centaines, ce n'est pas celui-ci qui va m'impressionner, même s'il s'agit d'un poète, ce sera avec un bouquet de violettes ou rien.»

– Tu lui avais dit que j'étais poète.

– Absolument, elle m'a répondu: «J'adore les poètes, ils valent souvent moins que leurs poésies, l'un de mes meilleurs souvenirs je le dois à un poète.»

– Et alors André, venez-en au fait, comment ça s'est passé?

– Eh bien, j'étais là, assis sur un banc, mon bouquet de violettes entre les jambes et, tout d'un coup, qu'est-ce que je vois arriver, brinquebalant sur des jambes étiques juchées sur des talons hauts comme des échasses? Une espèce de créature peinturlurée comme une mamma de Fellini avec un chapeau contemporain des premiers films muets, le tout enveloppé dans une chevelure absalonienne. Elle se plante devant moi, me fixe d'un regard à mettre en érection un cimetière d'eunuques et me dit d'une voix de moineau des faubourgs:

«Il y a bien longtemps, jeune homme, qu'un homme ne m'avait pas donné rendez-vous, c'est pour ça que je tenais tant aux violettes, ça me rappelle mon dernier rendez-vous. Vous comprenez?»

Et, sans me laisser le temps de dire un mot, elle enchaîne:

«Alors vous vous intéressez aux lettres d'amour? Suivez-moi, je vais vous en montrer, j'en ai plein mes tiroirs.»

Et nous voilà partis, elle, trottinant comme un lapin devant. Moi, un peu en retrait. Dans ces moments-là, on a toujours peur de croiser quelqu'un qui vous tient en très haute estime. Chemin faisant, elle commence à me raconter sa vie. Du Zola: son père mort en 1917 à la guerre, un éclat d'obus dans le ventre, son premier travail chez les religieuses, apprentie couturière, les années vingt, ses premières amours avec un monsieur qui aurait pu être son père. Au bout d'un moment, elle me laisse quand même parler. Je lui demande ce qui lui a valu tant de lettres d'amour. Elle s'arrête, en plein milieu du trottoir, me fixe droit dans les yeux. «Vous avez vu mes yeux? Regardez-les bien.

C'était mon premier atout, mes yeux, et le second, c'était mon cul, j'avais un beau cul et je savais m'en servir, il n'y a pas de miracle, ça rend les hommes lyriques un beau cul, la littérature amoureuse, puisque vous êtes poète vous devez le savoir, a toujours été inspirée par des demi-mondaines. Regardez, comment s'appelait-elle la compagne de Baudelaire? Jeanne Duval? Oui, Jeanne Duval, c'était un tapin.

Et puis, il faut dire qu'à l'époque, les hommes savaient se déclarer, ce n'est pas comme aujourd'hui où on dirait qu'ils ont peur des femmes.»

Comme elle parlait tout le temps, elle s'arrêtait tous les vingt pas pour reprendre son souffle.

On arrive enfin chez elle, elle pose son chapeau, enlève sa perruque, devient brusquement grave, me montre son crâne complètement chauve: «Dire qu'autrefois j'avais de si beaux cheveux, c'est la chimiothérapie, paraît-il, qui fait ça. Vous comprenez maintenant pourquoi je jette mes lettres d'amour, enfin pas toutes, juste les plus brûlantes, je ne voudrais pas que ma fille les retrouve. Elle ne se doute pas de la vie que j'ai dû mener pour l'élever. Il n'y a que les photos que je ne me résous pas à jeter.»

Elle me prend par la manche:

«Venez voir mes trésors.»

Elle me conduit jusqu'à un vieux meuble plein de tiroirs, elle en ouvre un, sort une boîte de biscuits comme on n'en trouve plus, même chez les antiquaires, pleine de lettres, de cartes et de photos…

Un vrai sanctuaire de l'amour, une seconde boîte, tout aussi pleine. Elle plonge la main dedans, en sort la photo d'un homme style bel italien, genre Raf Vallone. Voyez qui je veux dire, madame Vidal?

– Tout à fait, André, quand j'avais vingt ans, c'était même mon idole. Je découpais ses photos pour les mettre en cachette dans mon livre de chevet.

– Elle prend la photo, et la pose contre son cœur. «Lui, dit-elle, je ne jetterai jamais sa photo. Il s'est suicidé, sans un mot d'explication. On a retrouvé son corps coincé sous une péniche trois mois après sa disparition. On m'a convoquée à la morgue, il avait séjourné si longtemps dans l'eau que je n'ai pu reconnaître que ses vêtements.»

«Et l'on sait pourquoi il s'est suicidé?»

«Non, mais j'ai toujours pensé qu'il avait eu des doutes sur la paternité de notre fille. Faut dire qu'elle est blonde comme les blés et lui était noir de jais. Avant lui, j'avais eu un amant blond, blond comme ma fille, il était très beau mais complètement fantasque, et je le voyais encore, de temps à autre, j'ai toujours gardé de bons rapports avec mes anciens amants. À vrai dire, je n'ai jamais su qui était le père, surtout qu'à l'époque les médecins m'avaient dit que je ne pouvais pas avoir d'enfant.»

Elle a sorti une deuxième photo de la boîte, l'a embrassée.

«Non lui, je ne peux pas en parler.»

«Vous l'aimiez?» lui ai-je demandé.

«Je faisais plus que l'aimer, j'en étais folle. Dès qu'il me touchait, j'avais la chair de poule partout. Rien que d'y penser, j'en ai encore des frissons. Il me faisait l'amour comme un dieu. Je souhaite à toutes les femmes de connaître ça. Vous savez, jeune homme, j'ai beaucoup servi, mais lui je ne l'oublierai jamais, c'était l'homme qu'il me fallait, pourtant regardez, il n'était pas très beau. Pas mal quand même, ça faisait longtemps que je ne l'avais pas regardé, finalement il n'était pas si mal. J'ai toujours été attirée par la beauté, mais je ne supportais pas la connerie, enfin la grosse, en tout cas pas plus d'une fois, le temps de parer au manque.

Les problèmes ont commencé quand ma fille est née. Il fallait bien que je l'élève, alors les critères esthétiques sont passés après. J'ai rencontré des messieurs généreux qui m'ont fait des cadeaux. Lui par exemple.»

Elle a sorti la photo d'un type au visage gras et anodin:

«Il me faisait un cadeau à chacune de nos rencontres, une fois c'était des parfums, une autre fois une nappe brodée. C'était pas une affaire au lit, dans le genre éjaculation précoce, il battait tous les records, mais grâce à lui j'ai pu mener un joli petit train de vie, j'ai mis ma fille dans de bonnes écoles, elle a pu faire des études et, comme il était marié, je ne l'avais pas tout le temps sur le dos, je pouvais compenser ses insuffisances avec quelques anciens.»

– Et les lettres d'amour? s'inquiéta Mme Vidal.

– En fait de lettres d'amour, j'ai surtout vu des photos. Je lui ai demandé si elle en avait jeté. Elle m'a dit qu'elle les avait toutes gardées. «Parce qu'une photo, ça ne parle pas à tout le monde et les soirs de spleen quand je sens que je vais crever seule, je les sors, je me fais mon petit cinéma, je me repasse le film de toutes les amours qui ont fait et défait ma vie.»

Les seules lettres d'amour qu'elle avait gardées, c'était plutôt le genre niais, amoureux qui roucoule, sauf quelques-unes d'un poète chansonnier qui s'était produit dans le temps au Chat Noir. Elle a continué comme ça un bon moment à me montrer des photos d'homme en me faisant des commentaires, sur les uns et les autres, et pour finir, elle a sorti une photo de sa fille: une superbe blonde au teint de pêche avec deux magnifiques fossettes sur les joues.

«Voilà ce que j'ai le mieux réussi dans ma vie: ma fille. Elle est hôtesse de l'air, elle voyage beaucoup.»

Puis, sans transition, elle m'a demandé si je voulais un petit porto, elle a sorti une bouteille. «C'est du vieux, c'est le fils de ma concierge qui le ramène du Portugal.»

Et cul sec, elle a vidé coup sur coup deux petits verres.

«Il faut bien se faire des petits plaisirs. Ah! le porto qu'est-ce que j'aime ça. Mais savez-vous ce que je préfère dans la vie? C'est la danse. Toute ma vie, j'ai dansé. Vous aimez la danse, jeune homme?»

– Je parie, André, dit Mme Vidal, que vous l'avez emmenée à Buenos Aires?

– On ne peut rien vous cacher, madame Vidal. Bien sûr que je lui ai parlé des bouges de Buenos Aires où des poètes alcoolos et parfois un peu proxénètes vous torchaient contre un verre de mezcal une chanson triste pendant que l'orchestre déroulait ses bandonéons.

«Moi, elle m'a dit, ma danse préférée c'est la valse chaloupée.»

– C'est pas nouveau. Vous savez danser ça, André?

– Maintenant, je sais, elle m'a appris.

– Vous avez dansé avec elle?

– Absolument, après avoir éclusé trois verres de porto, elle me demande:

«Vous savez ce qui me ferait plaisir, jeune homme?»

Là, j'ai failli allumer les feux de détresse, d'autant qu'elle me fixait avec son regard de mangeuse d'hommes. Voilà que le porto lui donne un retour d'affection, elle veut boucler sa longue série d'à-plat-dos-mignonne avec André Dhole, le poète maudit. Je suis dans de beaux draps. Par bonheur, ce n'était pas ça.

«Ce qui me ferait plaisir? C'est une danse, une dernière avec un homme qui m'étreigne comme autrefois.»

Elle a mis sur le pick-up un vieux disque, un vrai crincrin d'autrefois, une chanteuse à la voix lézardée par le temps, qui roulait les «r», s'est mise à chanter un tango pour garçon-boucher:

Tu ne sais pas zaaîmer,
tu ne veux retenirrr que le plaisirrr

Elle s'est collée contre moi, elle sentait la naphtaline et le patchouli, la tête dans le creux de mon épaule comme un petit oiseau blessé et on a dansé, hanche contre hanche. Je la tenais dans mes bras, on aurait dit une poupée de liane, cambrure arrière, pas de côté, demi-tour avant, une vraie démonstration de tango.

Tout en dansant, elle a continué à me raconter sa vie:

«Vous savez ce que je faisais, quand j'étais petite main dans un atelier près de la Bastoche?

À cette époque, il y avait dans le quartier plein de petits guinches qui étaient ouverts tous les après-midi. J'y avais mon casier à chaussures, c'était comme dans les restaurants où les habitués disposent d'un casier numéroté pour leur serviette. Là, c'était un grand casier où les guincheuses pouvaient laisser leurs chaussures pour danser.

Eh bien, dès que le patron avait tourné le dos, avec mes copines France et Lulu – une sacrée celle-là, elle a fini mariée avec un marchand de cochons, elle roule dans des limousines même qu'elle en a pris des manières de dame –, on allait en tourner deux ou trois au guinche à côté. Il y avait de beaux gosses dans ce bal, tous un peu marlous – il paraît même que certaines filles ont fini à Buenos Aires –, ou demi-sel mais ils dansaient bien.

Ah! le bal Bousca, rue de Lappe, avec son orchestre sur un balcon suspendu au-dessus de la piste et le grand miroir, et le bal Monteil, c'est là que j'ai connu Francesco dont je vous ai parlé tout à l'heure.»

Increvable, la vieille. On a enchaîné tango, valse, paso. À un moment, en dansant, j'ai mis le pied dans un trou. C'est pour ça que je boite, j'ai failli me casser la cheville, vraiment un trou énorme, ça ressemblait à une termitière. Et la mémé qui me dit: «Oh! ça, c'est mon trou à mygales. Imaginez-vous qu'un soir il y a six mois, j'allais me coucher quand je vois sortir du plancher d'énormes araignées. J'appelle les pompiers, je leur explique, ils ont dû se dire que les araignées, c'était moi qui les avais dans le plafond. Bref, ils ne viennent pas. Je les rappelle. Ils sont venus au troisième appel, et là, ils ont bien été obligés de se rendre à l'évidence: il y avait plein d'énormes araignées sur le mur, toutes noires, toutes velues. C'est la première fois qu'ils voyaient ça, les pompiers, des mygales en plein Paris. Ils ont cherché d'où elles pouvaient provenir, un spécialiste de la préfecture est venu et ils ont fini par conclure qu'elles provenaient du bonsaï que ma fille m'avait ramené de Thaïlande, il y avait un nid sous les racines.»

Comme je ne pouvais plus danser, elle a continué toute seule, un paso. Moi, je tapais dans mes mains, façon danseur de flamenco. Danse mamie, danse, danse, danse mamie, danse.

Et elle virait, tournait en faisant virevolter sa jupe. Allez, mamie, danse, danse mamie, danse, et elle tournait tellement que j'en avais le vire-vire pour elle.

À la fin, grisée, étourdie, elle s'est assise dans son fauteuil et elle m'a dit:

«Vous voulez vraiment que je vous dise? La vie, c'est ça.»

Puis elle m'a offert un petit porto: «Le dernier avant la route.»

Elle a bu le sien cul sec, comme les autres, et elle s'est endormie dans son fauteuil, un sourire aux lèvres.

– Oui, dit Bébert, elle s'est endormie et pour toujours, parce que ce matin sa poubelle n'était pas sortie et la concierge m'a dit qu'on l'avait retrouvée morte dans son fauteuil.

– Diable, j'espère que je ne vais pas être poursuivi pour non-assistance à personne en danger.

– Mais non, André, elle est morte de sa belle mort. Non?

– C'est une belle mort, en effet, mais la mort n'est jamais belle, lança un homme assis au bout du comptoir.

Tous, dans le bar, le dévisagèrent.

C'était un bel homme d'une quarantaine d'années, aux tempes grisonnantes, à l'allure distinguée. Un journal dépassait de la poche.

Mme Vidal reconnut aussitôt le monsieur du ministère qui venait certains soirs se mêler aux agapes impromptues du Verre à Soif.

Dhole, en grand félin de comptoir, flaira un de ces êtres aptes à offrir une tournée moyennant quelques anecdotes de sa façon.

C'est ainsi que Francis Vigier visita, au premier verre, le site archéologique de Zimbabwe et partit, dès le second, à la recherche de l'or de Troie, pour se retrouver dans les ruines fumantes de Berlin, au troisième.

Lorsqu'il parut évident que l'or ne serait pas immédiatement retrouvé, une bouteille de Saint-Joseph s'imposa.

Tard dans la nuit, on finit par suspecter les staliniens d'avoir fait main basse dessus, après la débâcle.

Puis vint le moment de se quitter.

– Si vous voulez, une prochaine fois, je vous raconterai mes expéditions en Amazonie, vous savez, j'ai beaucoup voyagé avant d'échouer ici. Et vous, que faites-vous dans la vie?

– Je spécule sur l'or du temps, éluda Francis Vigier qui avait toujours été plus fier de connaître et d'aimer les surréalistes que d'être haut fonctionnaire.

– Tu sens cette odeur, ma Lilette?

Je te parie que la vieille toupie du dessous va encore faire des siennes, je l'entends d'ici, avec sa bouche en cul-de-poule et sa face pommadée comme une vieille marquise:

«Vous sentez cette odeur pestilentielle? Quelle odeur fétide! Encore les chats du gros plein de soupe du dessus. Celui qui ne dit bonjour à personne.

Vous voyez qui je veux dire?

M. William!»

Je l'entends d'ici.

M. William. Ah! il a bon dos, M. William. C'est vrai qu'il ne dit bonjour à personne. Il répond juste quand on lui parle et encore, il bougonne, il bafouille, et alors, on a encore le droit d'être timide et gros, non?

Pourquoi ça serait à moi de dire bonjour?

J'y peux rien si je suis timide. J'ai assez de mal à me dépatouiller avec ma carcasse, j'encombre déjà assez les escaliers avec mon durillon de comptoir comme dit le voisin d'en face quand il m'invite à boire un petit Banyuls:

«Allez, venez, qu'il dit, venez soigner votre durillon de comptoir!»

Un marrant celui-là, c'est bien le seul dans l'immeuble, un vrai titi malgré son accent du Sud.

Ce n'est déjà pas facile d'être gros si, en plus, il faut être poli, et pourquoi ce serait moi qui dirais bonjour le premier?

Hein ma Lilette, il est gros M. William?

Tu t'en fous, toi, qu'il soit gros M. William, au contraire, c'est plus confortable pour les câlins un gros bedon. J'ai toujours été gros, je suis passé du bébé Cadum au gros plein de soupe sans m'en apercevoir.

Quelle odeur!

C'est sûr, la vieille toupie va encore se répandre partout en disant que ce sont les chats du gros plein de soupe du sixième qui pissent partout. C'est chaque fois pareil, dès qu'il y a une mauvaise odeur dans l'immeuble, ça ne peut venir que d'ici.

Là, vraiment, ça pue trop, on dirait une odeur de rat crevé, c'est pas toi par hasard qui aurait attrapé un oiseau?

Non, c'est trop gros pour toi les oiseaux, hein ma Lilette. C'est Rigobert, ce vieux salaud qui attrapait les pigeons. Ah lui, je ne le regrette pas, d'ailleurs il en est mort de bouffer les pigeons. Paraît que la vieille taupe les empoisonne les pigeons, c'est le gardien qui me l'a dit. Lui, il passe son temps à raconter aux uns tout le mal que les autres pensent d'eux et vice-versa. C'est pas un ancien militaire pour rien, il aime la guerre.

Toi, ma Lilette, tu préfères les papillons ou les mouches, tu les gobes tout crus, tout vivants et après tu dégobilles partout et tu fais ta délicate, tu minaudes devant ta pâtée, je peux pas t'acheter du mou ou des boîtes tous les jours, il y a des jours où je dépense plus pour vous que pour moi. C'est pas un hasard si on m'appelle M. William dans l'immeuble, c'est pas mon nom M. William, c'est le gardien qui m'appelle comme ça à cause des boîtes de conserve, des William Saurin, c'est vrai que je mange que ça. C'est un vrai flic, ce gardien, il fouille partout, même dans les poubelles.

«Faut manger aut' chose que des conserves, monsieur William, qu'il dit, sinon vous allez attraper le scorbut, quand j'étais en Indo...» Il peut pas dire deux phrases sans parler de l'Indo ou de l'Algérie. Il joue au héros à tous les étages pourvu qu'on lui offre un petit coup... Il passe son temps à bavasser sur tout le monde, à pousser les uns contre les autres. Il aime la guerre, mais c'est un couard, il n'est jamais là quand il y a des problèmes.

Manger aut' chose, il est bien bon, faudrait pouvoir, il a sa pension, il n'a pas de problème de fric, lui.

Toujours en train de blablater sur les uns ou les autres; celui-là, s'il était payé autant qu'il parle...

Comme dit Jaillard, le voisin d'en face, «ceux qui parlent dans mon dos, mon cul les contemple», il est marrant ce bonhomme avec son nez en patate.

Trop gâtés, voilà ce que vous êtes, mes Raminagrobis, toi t'es la plus gentille, c'est pas comme ce vieux Rigobert qui pissait partout – c'est à cause de lui qu'on a eu des ennuis quand la vieille taupe a lancé sa pétition – ou ce Chambelland qui ne s'intéresse à moi que lorsque sa gamelle est vide, ah! il est bien comme son modèle, ce vieux grigou de Chambelland, mon ancien patron, celui qui m'a foutu à la porte, il ne faisait rien sans intérêt, le vieux salaud.

Toi, t'es la plus câline, tu ronronnes tout le temps, tes câlins ne sont pas intéressés.

Il faut faire quelque chose, ça pue vraiment dehors. Pour une fois que ça ne vient pas d'ici, que ce ne sont pas les chats du gros plein de soupe. Si seulement le voisin était là, il irait, lui, chez le gardien, mais, à l'heure qu'il est, il doit encore être au bureau. Avec mes jambes je ne me vois pas descendre six étages et remonter, surtout remonter, et puis il va me rire au nez le gardien:

«M. William qui se plaint que ça pue, on aura tout vu.»

M. Jaillard, avec ses airs de pas y toucher, il n'hésiterait pas à descendre chez le gardien. Ce n'est pas le genre timide comme moi, il n'a pas la langue dans sa poche, comme la fois où il a dit à la vieille taupe du dessous que si ça sentait mauvais, c'était parce qu'elle avait le nez trop près de la bouche, tu l'aurais vue, ma Lilette, j'ai cru qu'elle allait y passer, la vieille.

«Monsieur, ça fait vingt ans que j'habite cet immeuble, on ne m'a encore jamais parlé comme ça.»

«Eh bien, la prochaine fois vous ne direz pas pareil», qu'il lui a balancé à la vieille.

Il ne fait pas de bruit, il ne fréquente personne dans l'immeuble, comme moi, il vit comme quelqu'un qui s'épice à la solitude, mais chaque fois que je le croise, il me demande toujours de vos nouvelles, d'ailleurs c'est lui le premier qui a refusé de signer la pétition contre vous, les Raminagrobis, et s'il n'avait pas été là quand je suis parti d'urgence à l'hosto, quand j'ai fait ma péritonite et que la vieille taupe a fait venir le GIGN antichats... hein ma Lilette, c'est M. Jaillard qui t'a hébergée. Sans lui vous seriez tous passés à la trappe.

«Alors, comment va Rigobert?»

C'est toujours la question qu'il me pose, M. Jaillard, quand il me voit. Même si je lui ai dit que Rigobert avait disparu pendant que j'étais à l'hôpital. «Je me mélange, qu'il me dit, avec tous vos chats et leurs noms bizarres.»

Un jour qu'il m'avait invité à boire un petit Banyuls, je lui ai expliqué que chacun de ces noms avait une histoire, que La Toupie, c'était le nom d'une ancienne maîtresse qui changeait d'avis tout le temps, elle a disparu celle-là dans la razzia anti-chats, et l'autre, la vraie, elle doit en être à son cinquième divorce, au moins; que Chambelland, c'est celui de mon ancien patron, à l'époque où j'étais aide-comptable, ça ne fait rien il mélange tout, et encore maintenant vous n'êtes plus que cinq mais à l'époque, avant que je sois hospitalisé, vous étiez dix-huit. «Moi, dit Jaillard, les animaux dans un appartement, j'aime pas trop ça, j'ai eu un poisson vert qui s'est suicidé», il faut l'entendre raconter l'histoire de son poisson vert daltonien. Quel esprit, toujours le mot pour rire, «j'ai une éponge, c'est le seul animal que je supporte», qu'il dit…

C'est vraiment un marrant; ce qu'il ne dit pas, c'est qu'il y a un drôle de petit animal qui vient le voir régulièrement, je t'aime bien ma Lilette mais là, je crois que je te ferais une infidélité, cette petite bonne femme toujours vêtue de noir avec son regard comme du charbon et sa bouche… Je l'aperçois parfois sur le palier et si j'en crois mes oreilles – on entend tout dans cet immeuble, les murs sont si minces –, ils n'enfilent pas des perles quand ils sont ensemble. Mine de rien, le petit père, il sait s'y prendre avec les dames, pourtant il est pas beau avec son nez comme une patate et, en plus, elle est jeune, je suis sûr qu'elle a vingt ans de moins que lui, je ne sais pas où il l'a trouvée, mais elle vient le voir régulièrement, au moins une fois par semaine. C'est pas à moi que ça arriverait, hein ma Lilette, à part toi, j'ai pas droit à beaucoup de câlins.

Tiens, on dirait que ça s'agite sur le palier, c'est peut-être le voisin qui revient du travail.

Descends, allez descends, je sais que c'est confortable le bedon, ne te fais pas les griffes, après j'ai la peau du ventre toute zébrée, allez descends Lilette que je z'yeute par l'œilleton.

C'est le gardien.

Il tombe bien, pour une fois qu'il est là quand on en a besoin. Reste là, Lilette, je vais aux nouvelles.

–Alors, monsieur William, paraît qu'il y a des odeurs incommodantes à cet étage?

–Je parie que c'est encore la vieille toupie qui vous a prévenu.

–On ne peut rien vous cacher, monsieur William, mais cette fois j'ai l'impression que ça ne vient pas de chez vous, on dirait que ça vient d'en face, j'ai sonné, ça ne répond pas.

–Il n'est peut-être pas encore rentré du travail, M. Jaillard.

–Ce qui m'étonne, c'est que sa boîte à lettres est pleine, à tout hasard je vais ouvrir, j'ai le passe. Cette odeur ne me dit rien de bon, ça me rappelle l'Algérie quand on découvrait des charniers.

Lorsqu'ils pénétrèrent dans l'appartement de M. Jaillard, ils eurent tout de suite la réponse à leur question.

Allongé sur le lit, nu, avec un sourire presque béat, Maurice Jaillard, visage bleui par un infarctus foudroyant, avait les traits d'un homme mort au faîte du plaisir.

En le voyant, M. William se remémora la silhouette de la petite femme au regard couleur de charbon.

Depuis quand il ne l'avait pas vue?

Une bonne dizaine de jours?

Oui, au moins, il l'avait aperçue par l'œilleton, tout en noir, comme d'habitude. Il s'en souvenait très bien, même qu'au moment où M. Jaillard avait ouvert la porte, elle avait soulevé sa petite jupe noire en disant quelque chose qu'il n'avait pas compris.

Il n'en parla pas au gardien, après tout c'était la plus belle mort dont pouvait rêver un homme.

«Tu vois, ma petite Lilette, c'est la fin que j'aimerais avoir, mourir en pleine turlutte.

Quoi de plus beau?

C'est pas à moi que ça arrivera.

Quand je mourrai, je suis sûr que si personne ne s'en aperçoit à temps, on ne trouvera que les os. Vous me boufferez tout cru, hein ma Lilette.»

Ils étaient quatre. Quatre solides gaillards aux épaules de déménageurs.

En semaine, ils mettaient leur carrure au service des pompes funèbres locales. C'étaient eux qui, d'un geste synchrone, soulevaient les corps figés de la dalle réfrigérante pour les poser délicatement dans le cercueil, c'étaient eux qui, d'un pas parfaitement cadencé, avançaient en portant les cercueils jusqu'à la tombe.

Quant aux dimanches, on devinait aux marques de leur visage qu'ils devaient côtoyer d'assez près la boîte à gifles des mêlées ouvertes.

Les quatre garçons ne purent réprimer un sourire à la vue du corps de Maurice Jaillard. Ils pouvaient se le permettre, c'était un petit enterrement: personne n'assistait à la mise en bière.

C'est qu'il était mort dans une position inhabituelle, le petit père Jaillard.

Ils ne furent pas trop de quatre pour remettre les jambes dans une position compatible avec les dimensions du cercueil. La rigidité cadavérique aidant, Maurice Jaillard avait gardé dans la mort une pose obscène: entrejambe largement ouvert, avant-bras et main tendus vers un pénis dont l'érection n'était plus qu'un petit cierge gris. Par contre, ils laissèrent la bouche comme elle était, c'est-à-dire ouverte dans un rictus presque béat.

«Celui-là, je te parie qu'il est pas mort dans la neurasthénie», susurra à l'oreille de son voisin l'un des quatre colosses.

C'était un petit enterrement.

Un enterrement à la dimension d'un village où plus personne ne prend la peine de revenir mourir…

Trois personnes suivaient le corbillard.

À son passage, quelques rideaux s'étaient écartés; les plus vieux, appuyés sur leur canne, n'avaient pas bougé de leur banc sous les platanes, c'est à peine s'ils s'étaient découverts.

– C'est pas le fils du… Comment il s'appelait déjà? Celui de l'ancienne tannerie en bas, près de la rivière?

– Si, si, c'est lui, on ne l'a presque pas connu, il était tout mino quand il est monté à Paris, il travaillait dans l'administration, je crois.

– Il est mort jeune, dites.

– Avec la vie de fou qu'ils mènent là-haut, c'est pas étonnant.

– C'est bien le premier depuis longtemps qui se fait enterrer au païs.

– On le voyait souvent au village. Il ne s'était jamais plu là-haut. Il revenait souvent voir sa vieille tante, vous savez celle qui ne s'est jamais mariée.

– Dites, c'est pas elle qui suit le corbillard?

– On dirait bien, si.

Du menton, ils désignaient la vieille femme vêtue de noir, qui suivait à petits pas étriqués le fourgon mortuaire.

Elle précédait un couple élégamment vêtu, un homme dans la quarantaine aux tempes méchées de blanc et une jeune femme au buste lourd et généreux.

– Des gens de la ville, des collègues de travail sans doute.

– Elle, on dirait une fille du village à côté, une fille Guyotte.

– Elle aussi, elle est partie toute jeunotte travailler là-haut.

Mlle Guyotte et Francis Vigier avaient en effet fait le voyage.

L'un par amitié pour ce collègue sympathique et plein d'humour.

L'autre par fidélité pour son complice en solitude.

C'est Mlle Guyotte qui avait organisé la collecte pour la couronne dans le service.

Cet exercice lui avait valu, outre les petites questions anecdotiques des collègues faussement attristés, les perfidies habituelles de la mère Boucher qui, en se fendant royalement d'une pièce de dix francs, n'avait pu s'empêcher de lâcher l'une de ses phrases assassines: «Pas étonnant, avec ce qu'il buvait.»

Lorsqu'il avait retrouvé Mlle Guyotte, gare de Lyon, Francis Vigier avait éprouvé le besoin de justifier sa présence:

«Je suis venu à titre personnel», mais Mlle Guyotte avait très vite compris que la sympathie qu'il éprouvait pour le défunt n'était pas l'unique raison de sa venue…

«Je me suis dit que cela vous ferait peut-être plaisir de ne pas assister seule à cet enterrement», avoua-t-il alors que le train n'avait pas encore quitté la gare.

Plaisir?

Le mot était faible.

C'était en fait la première fois qu'elle éprouvait un sentiment confus, contradictoire, de tristesse et de bonheur mêlés.

Pensez donc, Francis Vigier assis en face d'elle.

Francis Vigier, le beau Francis Vigier, celui dont toutes les secrétaires du ministère rêvaient...

Il était là, et il lui parlait.

Il s'ouvrait même à elle comme s'il la connaissait depuis longtemps, comme s'il avait besoin d'une confidente, sinon pourquoi lui aurait-il confessé ses misères conjugales.

Ils échangèrent longuement sur l'ennui, la solitude.

– Mais vous êtes marié? s'étonna-t-elle.

– C'est justement là que la solitude est la plus terrible, lorsqu'on rentre tous les soirs dans un lieu vide, où il n'y a plus rien à échanger avec l'autre, lui avoua-t-il en plongeant son beau regard dans le sien.

Le voyage, qu'elle avait pourtant souvent effectué, ne lui avait jamais paru si court...

Lorsqu'ils arrivèrent à destination, ils étaient déjà convenus de prolonger leur séjour le temps du weekend qui suivait, «histoire de découvrir la région», précisa Francis Vigier qui, en bon fonctionnaire, avait souvent besoin de justifications...

«C'est fou ce que l'adultère peut faire pour le chiffre d'affaires de l'hôtellerie.»

Elle l'entendait, M. Jaillard, qui la taquinait encore, qui lui disait:

«En mourant je vous ai fait un beau cadeau. Allez-y ma petite, vous le tenez, l'homme de votre vie, vous l'avez mérité, c'est un type bien, Francis Vigier.»

C'était un bel enterrement, il y avait même un chat qui folâtrait entre les tombes, pas un de ces chats faméliques qu'on voit parfois dans les campagnes, non, un beau chat gris avec un jabot tout blanc, un tout jeune chat un peu fou. Il vint ronronner entre ses jambes, elle qui avait déjà tant de mal à avancer dans la terre meuble de l'allée du cimetière avec ses talons hauts. Elle esquissa un geste pour le caresser mais il s'éclipsa, la queue en fanfare.

Sur une tombe en marbre gris, il y avait un écriteau: «caveau à vendre».

Francis Vigier donna un léger coup de coude à Mlle Guyotte: «On pourrait ouvrir une souscription pour la mère Boucher.»

Les quatre garçons aux carrures de déménageurs aperçurent un léger sourire sur les lèvres de la jeune femme aux seins comme des ballons de rugby.

«Putain, celle-là, je te jure que je lui ferais bien une ouverture», chuchota entre ses lèvres le plus bavard.

C'était un petit enterrement.

Il n'y avait, en tout et pour tout, que deux couronnes.

La première, «À notre cher neveu», provenait sans aucun doute de la vieille dame en noir.

La seconde était sans équivoque:

«À notre cher collègue».

La troisième aurait dû être celle du Verre à Soif.

En dépit des nombreuses palabres sur le choix de la formule la plus adéquate à y inscrire – on avait évité le pire, du genre «les vers ont soif», pour s'en tenir à un laconique «À notre ami fidèle» –, la troisième, donc, n'était jamais parvenue à destination…

Unanimement désigné par les compagnons du Verre à Soif, composés en la circonstance du président belge, de Mme Vidal et de l'ineffable Bébert, pour les représenter à l'enterrement, Dhole fut victime, dès les abords de la gare de Lyon, d'une erreur d'aiguillage.

De sorte que le produit de la collecte se volatilisa de bar en bar, en des breuvages propices à faire renaître le souvenir des morts...

C'est ainsi que les consommateurs des cafés alentour eurent droit à différents enterrements auxquels Dhole n'avait, comme il se doit, jamais participé.

Celui du Bison Ravi fut, au petit matin, le couronnement d'une longue série de verres levés à la mémoire de grands disparus.

«Ah! le Bison Ravi, quelle histoire, quel parcours...

En fait d'enterrement, ce n'en était pas un puisqu'on l'a incinéré. C'était sa dernière volonté. Il m'avait désigné comme exécuteur testamentaire: j'avais pour mission de jeter ses cendres dans un endroit très précis du Barrio Chino: un bordel où nous avions passé quelques nuits wagnériennes. C'est là qu'il avait rencontré la femme de sa vie: une Andalouse, en réalité elle était de Tarbes, mais elle avait, c'est vrai, la croupe castillane. Pour faire vivre ses sept frères et sœurs, elle avait, comme on dit aux Antilles, fait son cul boutique.

Ah! le Bison Ravi! Quels souvenirs!

On s'était connu à l'époque de la guerre d'Algérie. Nous étions recherchés par la police, lui, comme déserteur, moi comme porteur de valises...

C'était l'époque où Boris Vian chantait *Le Déserteur,* c'est pour ça que je lui ai donné ce pseudo: Bison Ravi, c'est l'anagramme de Boris Vian.

J'ai déambulé pendant trois jours dans le Barrio Chino avec l'urne contenant ses cendres, à la recherche de ce fameux bordel, El papagayo ça s'appelait, je crois…

Impossible de le retrouver. C'est que ça avait changé, c'était presque devenu propre le Barrio Chino. Bien sûr, il y avait toujours autant de pousse-mégots et de faux infirmes, aveugles ou paralytiques, parfois les deux, qui vous vendaient des billets de loterie dont le tirage n'avait jamais lieu.

J'ai parcouru tout le Barrio Chino, tous les bordels, un à un, j'en ai monté des escaliers.

Qu'est-ce qu'on ne ferait pas pour honorer la mémoire d'un ami, pour respecter ses dernières volontés?

Impossible de retrouver ce Papagayo.

Quant à son Andalouse, après moult pérégrinations, j'ai appris qu'elle finissait sa carrière à Buenos Aires où elle avait épousé un riche exportateur.

Alors par dépit, j'ai jeté ses cendres dans un préservatif, ça lui aurait plu au Bison de finir ainsi, dans le seul endroit dont il n'aurait jamais dû sortir!»

Madame Vidal,
Venez
Donnez-moi le bras.
Nous marcherons sur les trottoirs d'autrefois
Bras dessus, bras dessous
En tenue de l'époque
De l'époque où la ville
N'était pas veuve de vie
Venez
On ira au café-concert
On flânera avec les nanars
Sur les Grands Boulevards
On croisera tous mes amis
Pancho Villa et Durruti
On saluera les grands zombis
Breton, Desnos, Malcolm Lowry

Allez madame Vidal
Venez
Donnez-moi le bras.
Nous déambulerons sur Sunset Boulevard
Avec Humphrey Bogart
Venez, donnez-moi le bras
On marchera sur Broadway
Ce sera un matin d'été

Venez, donnez-moi le bras
Nous planerons sur le Machu Picchu
Avec Pablo Neruda
Venez
On ira danser le tango
À Buenos Aires ou à Valparaiso

Venez, venez madame Vidal
Montez à bord
On part pour le Bosphore
On deviendra chercheurs d'or
Allez, venez
Montez à bord.

Combien de fois l'avait-elle relue cette lettre qui, à force d'être pliée et dépliée, s'effilochait un peu par endroits, cette lettre qu'elle conservait soigneusement (quand il la lui avait remise, elle l'avait glissée dans son corsage).

Dhole la lui avait tendue pliée en quatre, avec ce regard de petit garçon qu'il savait si bien prendre lorsqu'il était en manque de tendresse.

«C'est pour vous, madame Vidal», avait-il susurré avec des yeux de poulbot qui vient de commettre son premier poème pour la fête des Mères.

Ah! la voix d'André Dhole, si elle avait été plus jeune… S'il l'avait connue à l'époque où elle savait encore tourner la valse et le tango toute la nuit à la Boule d'Or, sans avoir mal à ses foutues gambettes…

Elle l'entendait encore lui dire, comme en confession:

«Madame Vidal, j'ai fait ma route comme la braise jette ses étincelles. Quand j'étais jeune, je voulais bouter le feu partout où couve l'injustice, planter des tisons dans la banquise de l'indifférence. Finalement je n'ai mis le feu à rien, je me suis brûlé tout seul avec mes rêves et mes utopies...»

«Quels beaux voyages nous avons faits, madame Vidal. Vous le savez bien, en réalité, je ne suis que très rarement allé au-delà des boulevards des Maréchaux, mon ivresse ne m'a jamais porté plus loin qu'aux portes des bistrots, c'est là que j'ai fait mes plus beaux voyages.»

Elle le revoyait, dans sa pose familière, accoudé au comptoir, le regard perdu vers tous les ailleurs.

«Que nous reste-t-il à nous, les poètes, les passeurs de rêves, quand le silence se fait trop lourd au fond de nous, quand la nuit nous étouffe comme un frisson de glace, que la tristesse, comme une caresse d'acier, nous étreint le thorax, que nous reste-t-il, si ce n'est la lumière des bistrots comme ultime bouée avant l'insomnie, si ce n'est un peu d'ivresse pour ajourner l'inévitable.»

Ah! la voix d'André Dhole et ce regard plein d'incendies.

«Regardez autour de vous, plus les cadavres défilent sur les écrans, plus la vie devient une idée abstraite...»

«Excepté quelques incursions avec le Bison Ravi dans les bordels du Barrio Chino, j'ai passé ma vie à voyager sans changer de port, je n'ai pas bougé, sauf en dedans, j'ai musardé simplement à travers le miroir des apparences, je suis parti de rien et je suis revenu de tout, sans jamais avoir été nulle part. J'ai fantasmé ma vie, je n'ai pas traversé la Terre, c'est la Terre qui m'a traversé...»

Ah! cette voix d'André Dhole, même s'il avait lu le bottin... Elle l'écoutait chaque fois avec des frissons.

«… Je sens le moment venu d'écrire mon dernier livre, j'aurais aimé écrire un polar, un vrai, bien noir, un polar où l'arme du crime serait l'ennui et le coupable: le lecteur. Et mon anthologie du cinéma invisible, il faut que j'en fasse mon deuil – la voix fléchissait, prenait un ton désolé – je sens que je n'aurai pas la force. Si seulement je pouvais finir mon autobiographie, la vraie, celle où je parle de tous les trains que je n'ai pas pris, de tous les voyages que je n'ai pas faits, de toutes les vies que j'ai menées par procuration. Ça s'appelle: *Il était un foie: André Dhole.*»

Elle l'entendait encore, Mme Vidal, cette voix aux résonances de catacombes, cette voix sans laquelle elle se trouvait assignée à résidence.

De l'autre côté du comptoir, Bébert, l'air absent, dans un costume aussi neuf que flamboyant, sirotait un blanc cassis.

Ils étaient là, face à face, l'air presque gêné, mal à l'aise.

Tête baissée, Mme Vidal essuyait machinalement des verres.

Bébert semblait fasciné par la couleur jaune fluo des chaussures qu'il étrennait.

S'il avait été là, Dhole n'aurait pas manqué de le taquiner sur sa tenue ou sa coupe de cheveux.

Il l'entendait d'ici:

«Tu t'es engagé dans la Légion ou tu prépares un défilé pour Jean-Paul Gaultier?»

Depuis une semaine Dhole était invisible, introuvable. Une semaine que personne dans le quartier n'avait aperçu sa silhouette, flottant dans des vêtements trop amples aux poches gonflées comme des montgolfières.

Une semaine que Mme Vidal restait à quai.

Une semaine qu'elle n'avait pas esquissé – oh! très furtivement – le plus petit pas de danse derrière son comptoir en zinc, en écoutant Dhole lui raconter pour la énième fois l'histoire d'«El Franchito» comme s'il avait connu Carlos Gardel, l'inventeur de la danse des voyous, le poète des bars à putes de Buenos Aires.

Une semaine qu'elle n'avait pas embarqué pour tous les océans. Une semaine qu'elle triturait dans la poche de son tablier cette lettre qu'il lui avait remise en secret.

Combien de fois l'avait-elle relue en cachette?

Huit jours sans Dhole!

Il n'en fallait pas plus pour déchaîner les imaginations. Les hypothèses les plus folles circulaient déjà...

Divan la Terrible, la psy des comptoirs, avait, la première, risqué celle de l'enlèvement, aussitôt reprise par quelques aficionados du Verre à Soif et du tiersmondisme réunis qui ne manquaient pas de rappeler ses liens avec quelques écrivains progressistes du Maghreb, d'évoquer les attentats auxquels il avait soi-disant échappé.

Mme Vidal rompit le silence.

– Écoutez, Bébert, ce n'est quand même pas normal, ça fait une semaine qu'on ne l'a pas vu.

Rasé sur la nuque et les tempes, ce qui avait pour effet d'accentuer la démesure de ses oreilles, Bébert fit mine de réfléchir.

– S'il était malade, il l'aurait fait savoir.

– Même malade, il vient; comme il dit, ce n'est pas une excuse.

Ne pas le voir, passe encore, mais ne plus l'entendre, ne plus entendre cette voix qui pouvait indistinctement, et sans le moindre souci de chronologie, raconter son engagement aux côtés des colonnes Durruti, sa première nuit d'amour avec Rosa Luxembourg ou évoquer d'improbables soirées de lecture chez les Indiens au milieu des boas dans la jungle du Tumuc Humac.

Huit jours sans Dhole, c'était proprement insupportable.

– J'ai eu une curieuse impression l'autre soir, la veille de son départ à cet enterrement. Il m'a parlé comme si c'était la dernière fois que l'on se voyait. Je l'entends encore. Il m'a dit qu'il sentait le moment venu d'écrire le chapitre final et qu'après il se retirerait loin de tout, dans le silence et la solitude.

– Oui, moi aussi, il m'a parlé de ce livre de l'absolue solitude qu'il voulait écrire.

– Pourvu qu'il ne lui soit rien arrivé.

– Vous ne croyez quand même pas qu'il se soit suicidé, madame Vidal?

– Lui! Se suicider, vous plaisantez, vous savez ce qu'il dit? «Je ne suis pas désespéré, je suis pessimiste et je suis heureux dans mon pessimisme.»

Mme Vidal marqua un temps d'arrêt, le regard dans le vague, comme si lui revenait soudain à l'esprit quelque chose d'important.

– Non, il m'a parlé comme en confidence, pour la première fois, il m'a avoué qu'il n'avait presque pas voyagé, il m'a dit: «Madame Vidal, qu'importe si mes expéditions en Amazonie n'ont pas dépassé le Jardin des plantes. Qu'importe si je n'ai jamais mis les pieds à Buenos Aires, l'essentiel, c'est que je vous y ai fait danser le tango. Non?»

– J'ai eu la même impression, dit Bébert, il m'a parlé de la statue qu'il voulait que l'on érige en son honneur dans le square aux enfants.

«Tu m'imagines accoudé contre un comptoir en pierre, levant pour l'éternité mon verre à la santé des étoiles?»

Il m'a même suggéré de lancer une souscription pour la dernière érection d'André Dhole.

– Ah! c'est bien lui ça. La dernière fois qu'il a eu cette idée, c'était pour ériger une stèle en souvenir de Bison Ravi, son vieil ami du Canada. On a collecté des fonds pendant trois mois. Il les a empochés et on n'a plus entendu parler de rien jusqu'au jour où il nous a montré une photo prise dans le Grand Nord canadien. Dessus on ne voyait rien, sinon une vague forme dans le lointain. Il paraît que la sculpture sur glace n'a pas tenu avec la fonte des neiges!

– Il est peut-être parti se mettre au vert, ça lui arrive parfois, rappelez-vous le jour où, par erreur, on a annoncé sa mort à la radio, il a disparu pendant trois jours.

– Oui, je m'en souviens très bien, c'est l'Agence France-Presse qui avait confondu son nom et celui d'un homme politique. Il s'est caché pendant trois jours, mais il me téléphonait toutes les heures pour savoir qui s'était inquiété de son sort. Ça lui a permis, lors de sa résurrection, de boire pendant un mois à sa propre santé!

– Et la fois où il a passé deux jours au poste de police!

– Là, c'est différent, c'est le commissaire, qui était un de ses grands lecteurs, qui l'a mis à l'abri pour le protéger des récriminations des parents, furieux qu'il ait saoulé leurs chérubins et les ait emmenés faire l'ascension du Carambar géant de la place de la Concorde.

– Remettez-moi ça, madame Vidal, j'ai pas le moral, dit Bébert en tendant par-dessus le comptoir son verre vide.

– Bébert, vous avez été voir dans le square à côté? Parfois il y passe des journées entières à raconter des histoires à ses petits copains.

– Bien sûr, madame Vidal, c'est même la première chose que j'ai faite.

– Si seulement on savait où il habite, on pourrait prendre de ses nouvelles. Bébert, vous qui sillonnez le quartier, vous n'en avez pas une petite idée?

– Vous allez les user, vos verres, à force de les essuyer, allez, remettez-moi ça.

– N'éludez pas, Bébert, vous n'avez pas une petite idée?

Une petite idée?

Il n'était pas homme à trahir un secret et le repaire de Dhole en était un.

Personne n'avait jamais su où il habitait.

On avait tour à tour prétendu qu'héritier déchu il occupait les vestiges d'un vieil appartement du Marais où Divan la Terrible, égale à elle-même, disait l'avoir suivi, une nuit de haute lubricité...

D'autres affirmaient qu'il lui arrivait de coucher sous les ponts.

En réalité, personne n'avait jamais mis les pieds chez lui.

Personne?

Voire.

Depuis que Dhole lui avait dit:

«J'habite un ancien hôtel de passe aux escaliers tapinés par le temps», Bébert avait plus qu'une petite idée...

Ses longues pérégrinations derrière les bennes à ordures municipales lui avaient permis de situer exactement la planque du poète.

Et, pour tout dire, dans le plus grand secret, il en était devenu familier.

C'est là, dans la pénombre d'une mansarde, qu'il retrouvait régulièrement Dhole.

Là, qu'il l'écoutait, des heures entières, lui lire ce qu'il appelait «mes gribouillis».

– Remettez-moi ça, madameVidal.

– Vous devriez ralentir, Bébert, sinon vous allez être paf.

– Ne vous inquiétez pas pour moi, madame Vidal, je suis en bonne compagnie.

Il revoyait, posée sur une caisse en bois, une photo en sépia où l'on apercevait une jeune femme en tailleur, la main sur la hanche, qui posait dans un décor de falaises du côté d'Étretat ou de Fécamp.

«Ma mère, lui avait dit Dhole, ma mère, un an avant ma naissance, huit ans avant d'être gazée à Dachau.»

Il l'entendait encore lui dire son poème fétiche, son *Ode à Oum Kalsoum,* dans sa tanière sous les combles, il revoyait Dhole le regard dévoré par un feu du dedans, les yeux nomades.

Et, le temps de quelques vers, le taudis devenait palais d'eaux vives, d'ombres ciselées.

À l'heure de l'insomnie des ventres creux
À l'heure des danseurs de la prière du vendredi
Oum Kalsoum chante:
Une foule de corps fatigués épouse les labyrinthes de sa voix orientale
Femmes aux ventres peuplés de tristesse
Écoutez Oum
Qui dit la douleur des cités
des souks affamés
Sa voix comme un long voilier
fend le silence de la prière

Un silence, et la voix de Dhole reprenait:

Oum jette ses mains aux fauves de l'ombre
Elle a de la braise entre les épaules
Les femmes aux voiles sombres
s'agenouillent au bord des terrasses

Les navires sans figure de proue
hurlent de toutes leurs sirènes
Alger s'enlise dans le crachin des matins froids
Dans les patios qui sommeillent
Oum Kalsoum pour la dernière fois
célèbre l'œillet et le faucon
Et ses mains tracent une trajectoire de sang sur le sable et le vent[*].

---

[*] Poème inédit d'André Laude (1936-1995).

– Non, madame Vidal, je ne sais pas où il habite.

Non, il ne taperait pas à cette porte qui ne fermait d'ailleurs pas.

Il n'entrerait pas dans cette chambre sous les toits où l'on accédait au lit – un vieux matelas avachi posé à même le sol – à travers un dédale chancelant de livres en piles, de vieux journaux, en foulant un tapis de feuilles indistinctes, de manuscrits, un maelström de bouteilles et de boîtes de bière vides.

Il ne fallait pas compter sur lui pour, si ça se trouve, découvrir, dans la lumière blafarde de l'étroite lucarne qui surplombait le lit, un visage figé, émacié, à la chair aussi grise que la barbe qui rongeait le visage.

– On ne sait jamais, soupira Bébert.

– On ne sait jamais quoi? s'inquiéta Mme Vidal. Vous avez trop bu, Bébert, ce n'est pas ça qui va faire revenir votre copain. Vous feriez mieux de le chercher.

– Le chercher? Non, madame Vidal, je vous dis que je ne sais pas où il habite. J'ignore où il est. D'ailleurs, je n'ai pas besoin de le chercher, je le vois partout. Regardez, il arrive, il marche avec les Black Panthers dans les rues de Soweto. Ne vous inquiétez pas, il va revenir. Je le sais, je le sens. Il va encore nous raconter une histoire à sa façon, il va nous dire qu'il a pris un peu de distance avec le merdier ambiant.

Que sais-je… Il n'est pas loin, je le sens. Il est là, il arrive, allez, servez-moi un petit blanc pour qu'il revienne plus vite.

On va l'attendre, on a le temps, n'est-ce pas madame Vidal, qu'on a le temps?

Et chaque fois que la porte s'ouvrait, il répétait: «Il va revenir. Allez, madame Vidal, remettez-nous ça, le prochain qui entre, c'est lui.»

«Il arrive, je le sens, regardez, madame Vidal, il est là», disait-il en désignant du doigt un point au-dessus des toits. Vous le voyez, madame Vidal, il défile place de la Concorde avec les Peaux-Rouges, il arrive, je le vois. Il parle avec Robert Desnos, il flirte dans l'encoignure d'une porte avec l'ombre de Nadja, dans le square aux enfants il joue à la marelle avec Jacques Prévert, il va revenir, c'est pas possible autrement, il va rentrer au Verre à Soif en poussant, comme dans les westerns, la porte du pied.»

«Salut la compagnie, quelle belle journée pour un si petit pays!»

Bébert s'avança vers la porte, les bras tendus dans le vide.

– Où tu étais passé, salaud, on te cherche partout?

Et, imitant la voix de Dhole:

– J'ai fait du zapping sur la tombe de quelques amis, j'ai rendu visite à tous mes morts, j'étais blotti avec une enfant bleue dans un lit de paupières. Madame Vidal, me consentiriez-vous une avance, un à-valoir sur mes prochains droits?

– Ça suffit, Bébert, vous avez assez bu.

– Vous ne pouvez pas refuser un dernier verre à André Dhole.

– Vous l'imitez très bien, Bébert, mais ça ne le fait pas revenir.

– Il est là, madame Vidal, il sera toujours là. Tenez, écoutez.

Avec la voix de Dhole, Bébert se mit à chanter un vieil air, un vieux musical américain des années cinquante, quelque chose qui disait: *Stop the world, I want to get out.*

– C'était son air préféré, il le fredonnait quand tout allait bien.

– Vous savez ce que ça veut dire, madame Vidal?

– Il me l'a déjà dit mais je ne m'en souviens plus, vous savez, moi et l'anglais...

– Ça signifie: *Arrêtez la terre, je veux descendre.*

– Si ça se trouve, il est descendu tout seul, le salaud, murmura Mme Vidal entre ses dents, le nez plongé dans l'évier derrière le comptoir.

Lorsqu'il pénétra quelque temps plus tard au Verre à Soif, Francis Vigier ne remarqua même pas l'affichette posée sur la porte qui indiquait «Changement de propriétaire».

Il avait la tête ailleurs, quelque part entre les seins opulents de Mlle Guyotte et l'odeur poudrée de sa peau, au grain si doux. Depuis qu'il l'avait rencontrée, le quotidien lui était devenu léger, Madame et son chihuahua presque supportables, les collègues de bureau à peu près fréquentables.

Il glissait, serein, porté par la griserie de leur rencontre.

Il jeta un coup d'œil dans la salle: il était le premier, elle n'était pas encore arrivée.

Il s'accouda au comptoir.

C'est à ce moment-là qu'il s'aperçut que la vieille dame au chignon impeccable n'était pas là.

À sa place, un jeune homme aux cheveux en brosse d'un blond platine qui contrastait avec ses épais sourcils noirs. Du coup, il chercha le poète barbu dont il avait tant parlé à Mlle Guyotte: il ne le vit pas.

Seul le Noir, en tenue d'éboueur municipal, semblait n'avoir pas quitté sa place. Il était là, avachi sur le zinc, le regard noyé dans le fond de son verre.

Francis Vigier le salua d'un discret signe de tête.

Bébert s'approcha de lui, le considéra d'un regard de myope, son haleine vaporisait une odeur de vinasse.

– Je vous connais, fit-il d'une voix pâteuse, on s'est déjà vu.

– Moi aussi je vous connais, je viens parfois ici. Depuis quelque temps je viens moins souvent. Comment allez-vous?

– Comment voulez-vous que j'aille, fit Bébert en désignant d'un geste las les murs de la salle. Vous avez vu comme ça a changé.

Francis Vigier réalisa enfin que le décor n'était plus du tout le même.

Où étaient passés les gamins hilares de Robert Doisneau, les néons de *Paris la nuit* de Brassaï, les nus câlins de Willy Ronis, la tanagra aux cheveux courts de Jean-Loup Sieff?

À leur place, un immense poster de James Dean côtoyait la photo d'un jeune homme d'une beauté éblouissante, son visage incliné sur le côté était légèrement voilé par un crêpe de chine noir.

– Et ce n'est pas tout, ajouta Bébert, venez voir dans les toilettes ce qu'ils ont fait.

Francis Vigier suivit Bébert dans un escalier en colimaçon qui débouchait sur une superbe cave en pierre de taille; une odeur de moisi lui monta aux narines.

Ils passèrent sous une voûte, se dirigèrent vers les toilettes.

– Tenez, regardez, ils ont effacé toutes ses inscriptions, ils n'ont laissé que celle-ci.

Francis Vigier s'approcha et lut, juste à côté du distributeur de préservatifs, une phrase manuscrite:

AVEC OU SANS PRÉSERVATIF
LA SOLITUDE EST CONTAGIEUSE

– Qui a écrit ça?

– C'est mon copain, André Dhole, mon copain de soif.

– Le poète barbu?

– Oui.

– Que devient-il?

– Il a disparu depuis trois mois, personne ne l'a vu. Certains disent qu'il a sombré quelque part dans le golfe du Mexique, d'autres prétendent qu'il a été enlevé par les Tupamaros ou je ne sais qui. Moi, je suis sûr qu'il va revenir, ça ne peut pas disparaître comme ça, un poète. Pourquoi croyez-vous que je viens ici tous les jours? Ce n'est pas pour le décor. J'attendrai le temps qu'il faut, mais je suis sûr qu'il va revenir. Et en plus, vous savez quoi? Ils vont changer le nom, ça va s'appeler le Too Much. Si André Dhole était là, ça ne se passerait pas comme ça. Le Too Much, vous vous rendez compte? Et pourquoi pas Les Foufounes électriques? Où on va?

Ils remontèrent dans la salle.

Mlle Guyotte venait d'arriver.

– Tu es sûr que c'est ici que l'on avait rendez-vous? dit-elle en désignant un couple d'hommes qui flirtait à une table dans le fond de la salle.

– J'ai l'impression qu'il n'y a pas que le propriétaire qui a changé, la clientèle aussi. À part monsieur – il désigna Bébert – je ne reconnais plus personne, s'excusa presque Francis Vigier.

– J'espère pour toi, sourit Mlle Guyotte.

– Eh oui, fit Bébert, il n'y a que moi qui suis fidèle au poste. Tant que mon copain ne sera pas revenu, je l'attendrai.

– À qui fait-il allusion? demanda Mlle Guyotte.

– Au poète dont je t'ai déjà parlé, tu sais, ce type extraordinaire qui raconte des histoires étonnantes.

– Vous prenez un verre? proposa Bébert.

– Non merci, une autre fois, s'excusa Francis Vigier, nous sommes attendus.

Bébert les accompagna sur le seuil de la porte.

– Si vous voyez mon copain, vous lui dites que Bébert l'attend ici, au Verre à Soif, même s'ils changent le nom, je reste, je l'attends.

– Vous pouvez compter sur moi, dit Francis Vigier en lui serrant chaleureusement la main.

– Vous n'oubliez pas, hein, insista Bébert, vous lui dites que Bébert l'attend ici, hein, jusqu'à plus soif.

Il les regarda s'éloigner dans la perspective de la rue Jean-Daniel-Fabre, la main dans la main, leur silhouette se découpait dans la clarté laiteuse d'un jour d'hiver, il leva les yeux vers le gris du ciel et revint lentement s'accouder au comptoir.

Comme disait Dhole dans ses moments de grande noirceur: encore un jour à s'ouvrir les veines…

CET OUVRAGE
COMPOSÉ EN GARAMOND CORPS 14 SUR 16
A ÉTÉ ACHEVÉ D'IMPRIMER
LE VINGT-NEUF OCTOBRE
MIL NEUF CENT QUATRE-VINGT-DIX-HUIT
SUR LES PRESSES DE TRANSCONTINENTAL
DIVISION IMPRIMERIE GAGNÉ
À LOUISEVILLE
POUR LE COMPTE DE
VLB ÉDITEUR.

IMPRIMÉ AU QUÉBEC (CANADA)